소중한 ＿＿＿＿＿＿＿＿＿＿＿＿ 에게

＿＿＿＿＿＿＿＿＿＿ 가(이) 선물합니다.

＿＿＿＿＿＿＿＿＿

주홍 글씨

너대니얼 호손 지음

호손은 뉴잉글랜드 지방의 전통적인 청교도 명문가에서 태어났습니다. 대학교
때부터 글을 쓰기 시작한 호손은 46세에 「주홍 글씨」를 발표함으로써 미국을 대표하는 작가로
당당히 자리매김했습니다. 그는 주로 인간의 본성과 구원의 문제를 다루었으며,
대표작으로는 「큰바위 얼굴」 「일곱 개의 박공으로 된 집」 등이 있습니다.

손연자 엮음

서울에서 태어나 이화여자대학교와 같은 대학 대학원 국어국문학과를 졸업했습니다.
1984년 「소년」에 동화 「무지개를 잡은 아이들」 「흙으로 빚은 고향」이 추천, 1985년
동아일보 신춘문예에 「바람이 울린 풍경 소리는」이 당선되어 작품 활동을 시작했습니다.
그동안 「마사코의 질문」 「까망머리 주디」 「푸른 손수건」 「날고 싶은 나무」 등의 동화책을 펴내
한국아동문학상· 한국어린이도서상· 가톨릭아동문학상· 세종아동문학상 등을 받았습니다.

2023년 7월 25일 2판 5쇄 **펴냄**
2011년 8월 10일 2판 1쇄 **펴냄**
2004년 10월 1일 1판 1쇄 **펴냄**

펴낸곳 (주)효리원
펴낸이 윤종근
지은이 너대니얼 호손
엮은이 손연자 · **그린이** 크리스토퍼
등록 1990년 12월 20일 · **번호** 2-1108
우편 번호 03147
주소 서울시 종로구 삼일대로 457, 406호
전화 02)3675-5222 · **팩스** 02)765-5222

ⓒ2004 · 2011, (주)효리원

이메일 hyoreewon@hyoreewon.com
홈페이지 www.hyoreewon.com

주홍 글씨

너대니얼 호손 지음
손연자 엮음 / 크리스토퍼 그림

 효리원
hyoreewon.com

  1850년에 발표된 너대니얼 호손의 장편 소설『주홍 글씨』는 도덕적 죄악에 빠진 인간의 내면을 진실하게 적어 내려간 위대한 걸작입니다.

  세상에 탄생한 지 150년이 지나도록 이 소설은 역대 미국 소설 가운데 가장 강렬한 감동을 남기는 아름다운 작품이라는 찬사를 받고 있습니다. 또한, 미국의 고등학생들이 반드시 읽어야 하는 소설의 하나이기도 합니다.

  이야기의 배경이 된 17세기 보스턴은 청교도의 엄격한 계율이 지배하던 사회입니다. 이곳에서 마을 주민의 존경을 한몸에 받고 있는, 장래가 촉망되는 젊은 목사와 아름다운 여인 헤스터 프린이 사랑에 빠집니다. 그리고 둘 사이에 아기가 태어납니다. 이 사실을 알게 된 헤스터의 전 남편은 이들을 향한 복수심에 불타 점점 더 추악하게 변해 갑니다.

  이야기의 주제는 흔한 것처럼 보이지만, 읽는이는 호손의 뛰어난 인물 묘사에 빠져들지 않을 수 없습니다.

이 작품에는 발을 동동 구르게 하는 긴박감은 없어도, 문득문득 손에 힘을 주게 만드는 긴장감이 있습니다.

이야기를 읽다 보면 어느새 내가 헤스터 프린이 되며, 또 펄이 됩니다. 그들의 아픔과 고통을 나누고 싶어지며 함께 분노하기도 합니다.

원작의 주제와 내용이 어린이들에게 어렵기 때문에, 최대한 쉽고 재미있게 읽을 수 있도록 다시 썼습니다. 특히 호손의 문체와 작품의 분위기가 훼손되지 않고 잘 드러나게 하는 데 마음을 많이 썼습니다.

인간의 은밀한 죄와 비밀에 대해, 또 나의 마음속에 감추어 둔 비밀에 대해 다시 한 번 생각할 수 있는 시간을 만들어 줄 것입니다.

엮은이 손연자

감옥 앞 광장

미국 동부 보스턴의 콘힐 가까이에, 생긴 지 이십여 년이 채 안 된 감옥이 있다. 참나무로 된 튼튼한 감옥 문에는 커다란 쇠못이 줄줄이 박혀 있고, 육중한 쇠붙이는 비바람에 낡아 그렇지 않아도 음산해 보이는 감옥을 더욱 침울하게 한다.

우중충한 건물 앞에서 큰길까지의 사이에는 우엉, 명아주, 나팔꽃 등 볼썽사나운 풀들이 우거져 있다. 하지만 감옥 문 바로 옆 찔레나무에는 6월의 꽃들이 함빡 피어 있다. 마치 감옥으로 들어가는 죄수나 형 집행을 받으러 가는 사형수들에게 대자연이 베푸는 최후의 동정인 듯하다.

이곳에 살던 초기의 청교도들은 매우 엄격했다. 감옥에서는 게

으름뱅이 하인들이나 불효를 저지른 자식들이 곤장을 맞기도 하고, 마귀라고 지목된 여자들이 교수대의 이슬로 사라지기도 했다. 떠돌이 인디언이 백인들이 마시는 위스키를 마시고 거리에서 날뛰다가 매를 맞고 숲으로 쫓겨나는 일도 흔했다.

그 당시에는 종교와 법률을 같은 것으로 여겨 합법적인 처벌을 신성하게 여겼다. 그러므로 하찮은 형벌도 사형 못지않은 엄격한 위엄을 지니고 있었다.

지금으로부터 이백여 년 전 어느 여름날 아침이었다. 감옥 앞 풀밭에 많은 보스턴 시민이 모여들었다. 충충한 잿빛 옷에 끝이 뾰족한 모자를 쓴, 턱수염이 더부룩한 남자들과 수건을 쓰거나 맨머리로 나온 여자들이었다. 차갑게 얼어붙은 군중들의 시선은 쇠빗장을 지른 문에 일제히 쏠렸다.

그 표정은 조용하고도 엄숙했다. 그러나 군중 틈에 끼어 있던 몇몇 여자들은 머지않아 일어날 형벌에 이상할 정도로 흥미를 가신 듯했다.

영국 땅에서 태어나 그곳에서 자란 부인이나 처녀들은 매우 거친 성질을 지니고 있었다.

"이보세요, 부인들."

위엄 있게 생긴 오십대 여인이 입을 열었다.

"우린 세상 물정을 알 만큼 아는 나이인데다 손가락질 받을 만한 일을 한 적이 없어요. 그러니 헤스터 프린 같은 여자에게 벌을 주는 것은 우리들한테도 여간 다행한 일이 아니에요. 그 몹쓸것이 우리 앞에 끌려 나와 재판을 받는다면 판사님이 판결한 벌만 받고 끝날 것 같아요? 어림도 없어요!"

"암, 그렇고말고요. 행실이 나쁜 여자는 벌겋게 달군 쇠로 이마에다 낙인을 찍어 줘야 해요. 그런데 고작 앞가슴에 뭘 붙여 주는 벌을 내렸다면서요? 그것만 가지고 어디 눈 하나 깜짝하겠어요? 두고 봐요, 브로치나 이교도 표시 같은 걸로 가리고 뻔뻔스럽게 나돌아다닐 테니."

"그렇지만……. 아무리 가슴의 표식을 가린들 그 속의 고통이야 어딜 가겠어요?"

아이의 손목을 잡고 서 있던 젊은 여자가 말했다.

"그건 그래요. 들리는 말로는 그 여자가 다니는 교회의 딤스데일 목사님이 몹시 가슴아파한대요, 이런 추문이 자기 교구에서 일어난 것 때문에요."

다른 여자가 알려 주었다. 재판관을 자처하고 나선 여자들 가운데 가장 냉정해 보이는 여자가 잘라 말했다.

"가슴팍이건 이마건, 표식이나 낙인 따위가 무슨 소용이야? 여자들한테 창피를 준 그런 건 죽어 마땅해. 그런데도 판사들은 성서와 법률책에 엄연히 있는 법률을 적용하지 않으니 원."

사람들 틈에 끼어 있던 한 남자가 나섰다.

"자, 이제 지독한 말씀들 그만하고 조용히들 하세요. 감옥 문에 꽂힌 열쇠가 돌아가고 있어요. 이제 곧 헤스터 프린이 나올 겁니다."

드디어 감옥 문이 활짝 열렸다. 먼저 모습을 드러낸 것은 허리에 칼을 차고 손에는 몽둥이를 든 험상궂은 얼굴의 간수였다. 그는 왼손엔 몽둥이를 들고 오른손으로는 젊은 여인의 어깨를 붙잡아 끌어냈다.

감옥 문 가까이 오자 그 여인은 간수를 뿌리치고 당당하게 바깥 세상으로 걸어 나왔다.

군중 앞에 완전히 모습을 드러낸 순간이었다. 젊은 여인은 충동적으로 아기를 끌어안았다. 모성애에서 나온 행동이라기보다 가슴에 붙인 표식을 감추려는 행동이었다. 그러나 아기 역시 또 하나의 치욕의 증거임을 깨달은 듯, 여자는 다시 팔에다 아기를 내려 안았다.

젊은 여인은 볼을 빨갛게 붉히면서도 오만한 미소를 띤 채 거리낌없이 군중들을 둘러보았다.

여인의 윗옷 가슴에는 주홍색 금실로 섬세하게 수를 놓고 정교한 무늬로 테를 두른 A(에이) 자가 붙어 있었다. 부정한 행실을 의미하는 단어(Adultery : '간통'을 뜻하는 영어 단어)의 머리글자였다. 그 글자는 멋있고 사치스러웠으며 예술적이라 할 만큼 훌륭한 솜씨로 새겨져 있었다. 지금 입고 있는 옷과 잘 어울려 마치 장식품

처럼 보였다.

　키도 몸집도 큰 젊은 여인은 나무랄 데 없이 아름다웠다. 검고 숱 많은 머리엔 윤기가 흘렀고 화사한 살결, 훤한 이마, 새까만 눈동자는 어딘지 모르게 사람을 끄는 데가 있었다.

　헤스터를 알고 있던 사람들은 그녀를 감싸고 있는 불행과 불명예가 오히려 아름다움을 빛나게 해 준다는 것에 놀랐다.

　이날 입으려고 감옥에서 손수 수를 놓아 만든 그 옷은 아름답고 특이했다. 한편으로 그것은 오히려 절망적이고 자포자기한 기분을 나타내는 것 같았다. 특히 가슴을 장식한 주홍 글씨는 헤스터를 평범한 사람들과 분리시켜 고립된 세계에 가두는 힘이 있었다.

　"저 여자 바느질 솜씨 하나만은 그만이로군."

　구경꾼 가운데 한 여자가 비꼬았다.

　"저런 식으로 솜씨 자랑을 하다니 정말 뻔뻔스러운걸. 저것이 판사님들을 코앞에서 비웃고 있어. 쳇, 그분들이 내린 형벌을 자랑스러워하는 것 같다니까."

　"그러게 말이야. 품위 있게 어깨를 감싸고 있는 저 윗옷을 벗겨야 해. 괴상하게 수놓은 주홍 글씨를 떼 버리고 그 자리에다 내 관절염에 쓰는 헝겊 조각이나 대 주면 어울릴 거야."

매섭게 생긴 여자가 떠들었다.

"좀 조용히들 하세요, 저 여자가 듣겠어요. 저걸 한 땀 한 땀 수놓는 동안 그 가슴이 오죽했겠어요?"

젊은 여자가 작은 소리로 말했다.

그때 간수가 몽둥이를 휘두르며 위엄 있게 외쳤다.

"자, 여러분, 비키시오. 국왕의 명령이니 길을 터 주시오. 지금부터 낮 1시까지 헤스터 프린을 세워 놓기로 했소. 훌륭하게 수놓은 주홍 글씨를 마음껏 볼 수 있도록 말이오. 어떤 죄악이든 다 드러나게 마련인 정의의 고장 매사추세츠 식민지에 축복이 있기를! 자, 헤스터, 앞으로 나와서 그 주홍 글씨를 광장에 모인 여러분께 보이도록 하라!"

곧 구경꾼들 사이로 길이 났다. 간수가 앞장서고, 눈살을 찌푸린 남자들과 매정한 표정의 여인들이 줄줄이 뒤따르는 가운데 헤스터는 죄를 받는 곳으로 가기 시작했다.

이 일 때문에 휴일이 되다시피 했다는 것밖에 모르는 장난꾸러기 아이들이 앞질러 뛰어가 엄마와 아기와 가슴에 붙은 주홍 글씨를 쳐다보았다.

감옥 문에서 광장까지는 그리 멀지 않았지만, 죄수에게는 꽤 먼 거리로 느껴졌다.

헤스터는, 몰려드는 구경꾼들의 발소리를 들을 때마다 심장이 길에 내팽개쳐져 짓밟히는 것 같은 아픔을 느꼈다. 고통을 당하고 있는 사람이 고통의 깊이를 깨닫는 것은 그 순간이 아니라 시간이 훨씬 지나고 나서이다. 그러므로 헤스터 프린은 꼿꼿한 자세로 처벌대를 향해 걸어갈 수 있었다.

처벌대는 보스턴에서 가장 오래된 교회의 처마 밑에 세워졌다.

단 위에는 죄수의 목에 씌울 나무와 쇠로 된 형틀이 놓여 있었다.

이 장치는 부끄러워도 얼굴을 가리지 못하게 만들어져 있었고, 사람들의 어깨 높이로 되어 있어서 사방 어디에서나 볼 수 있었다.

잘못이 무엇이든 이보다 더 심하게 인간을 모욕하는 일은 없을 것 같았다.

총독과 고문관들, 판사와 장군, 그리고 목사들은 교회당 발코니 위에 서거나 앉아

있었다. 헤스터는 천천히 나무 계단을 올라갔다. 다행히 정해진 시간 동안 서 있기만 하면 될 뿐 수갑을 채운다든가 칼을 씌우는 형벌은 없었다.

만일 이 청교도들 속에 가톨릭 신자가 섞여 있다면, 눈부신 복장을 한 채 갓난아기를 안고 있는 헤스터의 모습에서 성모 마리아를 연상했을 것이다.

군중들은 심각하고 엄숙한 태도로 헤스터를 지켜보고 있었다.

헤스터는 있는 힘을 다하여 고통을 참았다.

그러나 군중들의 엄숙한 태도는 두려웠다. 차라리 큰 소리로 비웃기라도 했다면 나았을까, 납덩어리처럼 무거운 침묵은 헤스터 프린의 마음을 더욱 아프게 짓눌렀다. 미쳐 버릴 것만 같았다. 그러나 시간이 갈수록 모든 것이 마치 환상처럼 흐릿해지더니, 어느 순간 연극처럼 보잘것없게 느껴졌다.

그리운 영국의 고향 마을이며 가문의 문장이 새겨져 있던 어린 시절의 집이 떠올랐다. 엘리자베스 왕조 시대의 구식 주름깃 위로 멋지게 흰 수염을 날리던, 이마가 벗겨진 아버지의 얼굴도 떠올랐다. 자상하고 사랑이 넘쳤던 어머니의 모습도 떠올랐다. 그리고 호롱불로 수많은 책을 읽느라 눈이 게슴츠레해지고 얼굴과 몸이 파리하게 여윈 학자풍의 남자가 떠올랐다. 그는 나이를 꽤

먹은, 왼쪽 어깨가 약간 올라간 불구의 몸이었다. 헤스터는 비좁고 복잡한 거리와 높다란 잿빛 집들이 있는 유럽의 어느 도시에서 그 학자와 살았었다. 두 사람의 생활은 허물어져 가는 벽에 낀 푸른 이끼처럼 케케묵은 것에 지나지 않았다. 마지막으로 떠오른 것은 금실로 수놓은 주홍 글씨를 달고 아이를 안은 채 처벌대 위에 선 자신이었다.

이런 일이 있을 수 있는 걸까? 이것이 진정 현실이란 말인가? 그것을 확인이라도 하듯 헤스터는 아기를 꼭 껴안았다. 그리고는, 아기가 울음을 터뜨리는데도 주홍 글씨를 만져 보기까지 했다. 역시 이 두 가지만이 현실이었다. 그 밖의 모든 것은 사라지고 말았다.

처벌대 위에서

　헤스터는 군중 틈에서 불현듯 인디언 복장을 하고 서 있는 사람을 발견했다. 한두 사람의 인디언이 섞여 있다 하더라도 헤스터의 시선을 끌 리는 없었다. 그런데 그 옆에 친구인 듯한 백인 한 사람이 기묘한 옷차림을 하고 서 있었던 것이다. 자그마한 몸집에다 얼굴에 깊은 주름이 있었지만 아직 노인이라 할 만한 나이는 아니었다. 한쪽 어깨가 약간 올라간 야윈 모습에는 지성미도 엿보였다. 순간 헤스터 프린은 다시 아기를 꽉 끌어안았다. 너무도 갑작스러웠기 때문에 아기는 가엾게도 아픈 듯이 울음을 터뜨렸다. 그런데도 엄마는 울음소리를 못 들은 듯했다.

　이 남자는 헤스터가 자신을 알아보기 전부터 지켜보고 있었다.

무심하던 그의 눈초리는 무언가를 꿰뚫어보듯 날카롭게 변해 갔다. 뱀이 얼굴에다 똬리를 트는 것 같은 공포가 얼굴에 나타났다. 그러나 재빨리 억눌러 버리고 이내 침착한 표정을 되찾았다. 헤스터가 보고 있다는 것을 안 그는 손가락을 세워 입술에 갖다 댔다. 그리고는 옆 사람 어깨에다 손을 얹고 정중한 태도로 말을 걸었다.

"실례지만 도대체 저 여자는 누구입니까? 무슨 이유로 저렇게 수치와 모욕을 당하는 겁니까?"

"이 고장엔 처음 오시는 분이군요. 그렇지 않다면 헤스터 프린에 대한 소문을 모를 리가 없을 텐데요. 저 여자는 아주 추잡스러운 짓을 저질렀답니다."

"그랬군요. 나는 이 고장이 처음인 방랑자랍니다. 바다와 육지에서 재난을 만나 오랫동안 남쪽 인디언들에게 붙잡혀 있었지요. 이제야 겨우 몸값을 지불하기로 하고 이곳으로 끌려오게 되었습니다. 그러니 헤스터 프린의……. 아마 그런 이름이었죠? 죄가 무엇이며 왜 저 위에 서게 되었는지 말씀 좀 해 주세요."

"암, 해 드리죠. 고생 끝에 이런 훌륭한 고장을 찾아오게 되었다니 얼마나 기쁘십니까. 저 여자는 영국 태생으로 암스테르담에 살던 어느 학자의 부인이랍니다. 그 남편은 퍽 오래전부터 매사추세츠주로 이민을 오려고 했답니다. 그래서 우선 부인을 먼저 보내고 뒤처리를 하려고 남았는데 두 해 가까이나 아무런 소식이 없다지 뭡니까? 그러자 혼자 살던 저 젊은 부인이 그만 부정한 짓을 저지르게 된 거지요."

"아, 그랬군요."

나그네는 쓰디쓴 웃음을 지으며 말했다.

"그런데 저 갓난아기 말입니다. 프린 부인이 안고 있는 저 아기의 아버지는 누구인가요?"

"바로 그 점이 분명치 않아요. 재판관들도 사실을 캐내려고 노력했지만 헤스터가 도무지 입을 열지 않더랍니다. 어쩌면 그 남자도 이 광경을 남몰래 보고 있을지도 모르지요."

"수수께끼를 풀려면 그 학자가 와야 되겠군요."

"그야 그렇죠, 아직도 살아 있다면."

마을 사람은 대답했다.

"재판관들은 저 여자가 워낙 젊고 아름다워 유혹도 많았을 거라 생각했답니다. 게다가 남편은 이미 바닷속에 빠져 죽었으리라 추측을 했지요. 그래서 엄정한 판결을 내리지 않았던 거지요. 본래 부정을 저지른 죄의 형벌은 사형이에요. 하지만 재판관들이 특별히 사정을 봐 줘서 세 시간 동안 처벌대 위에 서 있을 것과 죽을 때까지 가슴에 치욕의 표시를 달고 살라는 판결을 내린 겁니다."

"훌륭한 판결입니다. 하지만 부정한 행위를 저지른 상대가 빠진 게 유감스럽군요. 물론 머지않아 모든 사실이 밝혀지겠지만요. 암, 그렇게 되고말고요."

그는 이야기를 전해 준 마을 사람에게 인사를 한 뒤 어느새 군중 틈을 헤치고 사라졌다.

헤스터는 나그네 쪽으로 눈길을 못박은 채 서 있었다.

처벌대 바로 위 교회당에는 발코니 같은 지붕 없는 관람석이 있었다. 베링검 총독은 창을 든 네 명의 친위병에 둘러싸인 채 앉아 있었다. 총독은 모자에 검은 깃털을 꽂고 검은 벨벳 옷과 단에 수를 놓은 외투를 입고 있었다. 주름잡힌 총독의 얼굴은 대단히 근엄해 보였다.

발코니 쪽을 바라보던 헤스터는 한층 더 창백해진 얼굴로 몸을 떨었다. 그러느라 거듭 자신을 부르는 소리를 듣지 못했다.

"듣거라, 헤스터 프린."

어디선가 크고 엄숙한 목소리가 들려왔다. 헤스터를 부른 사람은 보스턴에서 가장 나이 많은 목사 존 윌슨이었다. 그는 대학자인데다 친절하고 온화한 사람이었다.

"헤스터 프린이여."

윌슨 목사는 곁에 있는 얼굴이 파리한 젊은이의 어깨에 손을 얹었다.

"나는 이 신앙심 깊은 젊은이에게 하느님이 보시는 앞에서, 현명하고도 고결한 관리들 앞에서, 그리고 많은 시민들이 듣고 있는 앞에서 그대가 저지른 죄에 대해 설교하도록 권했소. 이 젊은이는 나보다도 그대의 성격을 잘 알고 있을 테니 그대의 고집을 꺾을 수 있을 것이오. 또한 그대를 유혹하여 타락시킨 남자의 이

름을 밝혀 내고야 말 거라고 생각하오. 이 젊은이는 대낮에 많은 구경꾼 앞에서 여인의 비밀을 고백하라고 강요하는 것은 안 되는 일이라며 반대했소. 그러나 죄를 짓는 것이 수치스러운 일이지, 사실대로 고백하는 건 결코 수치스러운 일이 아니오. 딤스데일 목사, 당신 의견은 어떻소? 이 가련한 죄인의 영혼을 다룰 사람이 당신이라야 되겠소, 아니면 나라야 되겠소?”

발코니에 자리잡은 사람들이 술렁거렸다.

베링검 총독의 말은 부드러우면서도 고집스러웠다.

“딤스데일 목사, 이 여인의 영혼을 구하는 일은 당신한테 달렸소. 이 여자를 설득하여 회개시키고 고백하도록 하는 것이 당신의 의무요.”

총독이 거들자 군중들은 딤스데일 목사에게로 시선을 돌렸다. 이 젊은 목사는 영국의 유명한 대학을 졸업하고 황무지에 신학문을 전하기 위해 건너온 사람이었다.

이 목사는 구경꾼들 앞에서 여인의 비밀을 고백시키라는 명령에 핏기 가신 얼굴로 입술을 떨었다.

“딤스데일 목사, 저 여인에게 말을 거시오. 어서 진실을 고백하도록 타이르시오.”

윌슨 목사가 다그쳤다.

딤스데일 목사는 기도를 올리듯 고개를 숙이고는 앞으로 나아 갔다.

"헤스터 프린, 당신도 목사님의 말씀을 들었을 테니까 내가 받은 책임을 잘 알고 있을 줄 아오. 당신의 마음이 편안해지고 이 지상에서 받는 형벌이 영혼을 구제하는 데 조금이라도 효과가 있다고 생각한다면 함께 죄를 범하고 괴로워하는 그 사람의 이름을 말하기 바라오. 그릇된 동정이나 친절한 마음에서 입을 다물어서는 안 되오. 알겠소?"

그는 발코니에서 몸을 앞으로 내밀어 여인의 눈을 똑바로 쳐다 보았다.

"헤스터, 그 남자가 높은 곳에서 내려와 당신이 지금 서 있는 그 수치의 단상 위에 함께 서는 일이 있을지라도, 평생을 두고 죄를 숨기는 것보다 훨씬 나을 것이오. 침묵을 지키는 것이 그 남자에게 무슨 도움이 되겠소? 타락의 죄에다 위선의 죄를 강요하는 것밖에 더 되겠소? 하느님이 당신에게 부끄러움을 주신 것은 가슴속의 죄와 가슴 밖의 슬픔을 드러내 회개할 수 있게 하기 위함이오. 지금 당신은 입술 앞에 놓인 그 술잔, 입에는 쓸지 모르나 영혼에는 이로운 술잔을 그 남자로부터 ─ 그것을 잡을 용기가 없는 남자일지 모르겠으나……. ─ 빼앗고 있소. 이 사실을 잊어

서는 안 되오."

　젊은 목사의 떨리는 듯 우렁찬 목소리는 듣는 사람의 마음을 하나로 묶었다. 엄마 품에 안긴 아기도 조그만 두 팔을 목사 쪽으로 내밀었다. 사람들은 헤스터가 그 죄인의 이름을 밝히든가 아니면 그 죄인이 스스로 처벌대 위로 올라가리라고 생각했다.

　그러나 헤스터는 고개를 저었다.

윌슨 목사가 격한 목소리로 외쳤다.

"여인이여, 하느님의 자비심에도 한도가 있는 법이오. 남자의 이름을 밝히시오! 밝히고 회개한다면 그대의 가슴에서 주홍 글씨를 떼어 낼 수도 있소."

"싫습니다."

헤스터는 젊은 목사의 눈을 보며 대답했다.

"이것은 가슴 깊이 찍힌 낙인이므로 떼어도 소용 없습니다. 저는 그분의 고통까지 참고 견딜 것입니다."

"말해라!"

처벌대를 둘러싼 군중 틈에서 또 하나의 목소리가 날카롭게 들려왔다.

"말해라, 그 아이에게 아비를 찾아 주어라!"

"못 합니다. 이 아이는 하늘에 계신 아버지만을 찾아야 합니다. 땅 위의 아버지는 몰라도 됩니다."

헤스터는 죽은 사람처럼 하얗게 질린 채 귀에 익은 남자의 목소리에 대답했다.

딤스데일 목사가 중얼거렸다.

"저 여자는 말하지 않을 겁니다."

그는 숨을 크게 내쉬며 자기 자리로 물러섰다.

"여자의 마음이 이토록 강한 것인가? 저 여자는 입을 열 것 같지 않소."

죄인의 고집을 알아차린 윌슨 목사는 온갖 죄악에 대한 설교를 하기 시작했다.

그는 주홍 글씨가 의미하는 치욕에 대해 한 시간 이상이나 열변을 토해 사람들 가슴속에 새로운 공포심을 싹트게 했다. 그리하여 사람들은 주홍색을 지옥불에서 가져오기라도 한 것처럼 두렵게 생각했다.

헤스터 프린은 넋이 나간 듯 서서 귓가에서 윙윙 울리는 설교를 견뎌 냈다.

목사의 설교가 막바지에 이르렀을 즈음 찢어지는 듯한 아기의 울음소리가 주위의 공기를 흔들어 놓았다. 그러나 헤스터는 건성으로 달랠 뿐 아기의 고통을 안쓰러워하는 기색이 없었다.

헤스터는 구경꾼들이 지켜보는 가운데 다시 감옥 문 안으로 모습을 감췄다. 뒷모습을 지켜보던 사람들은 주홍 글씨가 어두운 복도에서 무시무시한 빛을 내더라고 수군거렸다.

만남

감옥으로 돌아온 뒤 헤스터 프린은 극도로 흥분했다. 해질 무렵이 되자 상태는 더욱 심해져 그녀는 마치 난폭한 미치광이 같았다. 아무리 달래고 위협해도 듣지 않자 간수장은 의사를 부르기로 했다. 사실 의사가 필요한 것은 헤스터보다도 오히려 갓난아기였다. 젖을 먹는 동안 엄마 가슴에 차 있던 혼란과 절망을 모조리 빨아들인 아기는 엄마가 겪은 마음의 고통을 어린 몸으로 나타냈다.

간수장의 뒤를 따라 어두컴컴한 감방으로 들어온 사람은 이상한 모습의 남자였다. 그는 행정관과 인디언 추장 사이에 벌어질 몸값 담판이 끝날 때까지 당분간 이 감옥에 머물기로 한 사람이었다. 그 사람, 로저 틸링워스를 안내한 간수장은 깜짝 놀랐다. 헤스터가 마치 죽은 듯 조용해졌기 때문이다.

"미안하지만 자리 좀 비켜 주시겠습니까? 간수 양반. 이제 곧 감옥을 조용하게 해 드리리다. 문제 없어요. 프린 부인이 말을 고분고분 잘 듣도록 하겠소이다."

"아까는 정말 신들린 사람 같았다니까요. 채찍으로 악마를 쫓아 낼까 했지만 그럴 수가 없어서……."

간수장이 말했다.

자칭 의사라고 말하는 이 남자는 간수장이 나가자 우선 아이를 세밀하게 진찰했다. 그러고는 가죽 가방 안에서 약을 꺼내 물컵에 탔다.

"연금술을 연구한데다 약초를 잘 아는 사람들과 일 년을 넘어 산 덕분에 난 아주 용한 의사가 되어 버렸다오. 자, 여기 있소. 이 물약을 당신 손으로 먹이시오."

"아무것도 모르는 어린것한테 앙갚음하시려는 건가요?"

헤스터는 두려운 눈으로 쳐다보았다.

"어리석은 여자 같으니! 아비 없는 불쌍한 자식을 못살게 굴어 봤자 무슨 소용이 있겠소? 이 약은 잘 듣소. 이 애가 내 아이라 할지라도……. 그렇소. 나와 당신 사이에 태어난 아기라 할지라도 역시 이 이상의 약은 없을 거요."

헤스터가 계속 망설이자 의사는 아이를 두 팔로 안아 물약
을 먹였다. 약은 곧 효력을 나타내어 아기의 신음 소리를
멎게 했다. 이어 괴로운 몸부림도 차차 가라앉았다. 그
러더니 불과 몇 분이 안 되어 아이는 조용히 깊은
잠에 빠져들었다.

의사라고 불러도 손색이 없는 이 남자는
이어서 헤스터를 진찰하기 시작했다.
맥을 짚고 난 뒤 그가 헤스터의 눈을

들여다보았다. 헤스터는 심장이 오그라드는 것 같았다.

진찰을 마친 그가 물약을 조제하며 말했다.

"황야에 있는 동안 난 여러 가지 비법을 배웠소. 이것도 그 가운데 하나요. 인디언이 가르쳐 준 처방이니까 마셔 보오. 곧 흥분이 가라앉을 거요."

헤스터는 상대방의 얼굴을 물끄러미 지켜보다가 받아 들었다. 도대체 이 남자의 속셈은 무얼까 하는 의혹이 머리를 스쳤다. 헤스터는 잠든 아이를 바라보며 입을 열었다.

"죽을 생각도 해 보았어요. 믿기 어렵겠지만 죽게 해 달라는 기도도 했어요. 그렇지만 지금은……. 이 컵에 독이 들어 있다면 내가 마시기 전에 다시 한 번 생각해 주세요."

"아직도 나라는 사람을 잘 모르고 있군."

그는 여전히 냉담하고 침착한 태도로 말했다.

"헤스터, 내가 하는 일이 늘 그렇게 얄팍했던가? 설령 당신에게 복수를 계획하고 있다 할지라도 말야. 당신을 살려 두어서 이 치욕의 표시가 언제까지나 가슴에서 불타게 하는 것이 진정한 복수가 아니겠소?"

그가 기다란 검지손가락을 대자 주홍 글씨는 갑자기 새빨갛게 달아올라 가슴속까지 타 들어가는 듯했다.

헤스터가 움찔하자 그는 싱긋이 웃었다.

"그러니까 당신은 살아서 오래도록 죗값을 치러야 하오. 뭇 사람이 보는 앞에서, 한때 남편이라 부르던 남자 앞에서, 그리고 저 어린애가 보는 앞에서. 자, 당신이 오래 살 수 있도록 이 물약을 마셔요."

헤스터는 약을 죽 들이킨 다음 잠들어 있는 아기를 가슴에 안았다. 그가 하나밖에 없는 의자를 끌어당겨 옆으로 다가앉자 헤스터의 몸이 부르르 떨렸다. 상처를 입은 남자가 뒤집어쓴, 세련된 가면의 잔혹성을 알아챘기 때문이다.

"헤스터, 당신이 왜 이런 꼴이 되었는지, 어째서 그 자리에 서게 되었는지는 묻지 않겠소. 그야 뻔한 것 아니겠소? 내 어리석음과 당신의 연약함 때문이지. 나는……. 책벌레로 좋은 세월을 다 보내고 이제는 늙고 병든 몸이 되었소. 이런 내가 당신처럼 젊고 아름다운 여인에게 무슨 가치가 있겠소? 날 때부터 장애인이었던 내가 젊은 여자와 살아갈 수 있으리라 믿은 것부터 잘못이었소. 남들은 나를 현명하다고 하지만 그건 아닌 것 같소. 그렇다면 이번 일도 미리 알았겠지. 사람들 앞에 치욕의 초상처럼 서 있는 당신의 모습을 보게 되리라는걸. 아니, 내가 진정 현명한 사람이라면 우리가 부부의 서약을 맺고 교회 층계를 내려오던 그 순간부터 우리 인생에 횃불처럼 빨갛게 타오를 주홍 글씨를 보았을 것이오. 그러나 그러질 못했소."

"당신도 알고 있었겠지만……."

헤스터가 참담한 마음으로 입을 열었다.

"처음부터 애정 같은 건 없었어요. 사랑하지도 않으면서 사랑하는 척 당신을 속인 일도 없고요."

"옳은 말이오. 조금 전에 말했듯이 내가 어리석었소. 당신과 결혼하기 전까지 나에게 즐거움이라곤 손톱만큼도 없었지. 내 마음은, 손님을 초대할 방은 많지만 난로 하나 없는 쓸쓸하고 냉랭

한 커다란 집이나 다름없었소. 늙은데다 장애인인 주제에 소박한 가정을 꾸리겠다는 허황된 꿈을 꾸었으니……."

"미안해요. 내가 당신을 배신했어요."

헤스터가 중얼거렸다.

"애초에 배신한 것은 나요. 꽃봉오리처럼 젊은 당신을 속여 늙은 나와 살게 했으니 말이오. 헤스터, 당신에게 복수한다거나 흉계를 꾸민다거나 하는 일은 없을 거요. 우리는 서로 잘못이 없는 셈이오. 다만 헤스터, 이것만은 말해 주오. 우리에게 못할 짓을 한 남자는 대체 누구요?"

"그건 말할 수 없어요. 무슨 일이 있어도 그것만은 말할 수 없어요."

헤스터는 상대방의 얼굴을 똑바로 쳐다보며 아주 단호하게 대답했다.

"절대로 안 된다는 말이로군."

그는 음울한 미소를 지었다.

"헤스터, 비밀은 반드시 밝혀지기 마련이오. 목사나 재판관의 눈은 속일 수 있을지 몰라도 나는 속이지 못하오. 나는 다른 방법으로 찾을 거요. 내 손으로 꼭 찾아내고야 말 거요."

주름진 학자의 눈이 불길처럼 번뜩였다.

헤스터는 마음속 깊이 간직한 비밀을 알아챌까 두려워 두 손으로 가슴을 싸안았다.

"내게는 그자가 마음속에 달고 있을 치욕의 표시가 분명히 보일 것이오."

그는 운명이 이미 자기 편에 서기라도 한 듯 자신 있는 표정으로 말했다.

"내가 하느님께서 내릴 처벌에 간섭하거나 법의 손을 빌릴지도 모른다는 염려는 마오. 그자의 생명을 해치는 일도, 명예를 손상시키는 일도 없을 것이오. 아마 평판이 높은 놈일 테지요. 명예의 껍데기 속에 숨어 살게 내버려 두겠소. 그래도 결국 내 손아귀에 들어올 게 틀림없으니까."

"당신은 자비로운 체하지만……. 당신 말을 듣고 있으려니 왠지 몹시 두려워지는군요."

헤스터는 공포에 사로잡혀 말했다.

"한때 아내였던 당신에게 한 가지만 부탁하겠소. 당신이 사랑하는 남자의 비밀을 지키고 있듯이 내 비밀도 지켜 주시오. 나를 알고 있는 사람은 이 고장에 아무도 없소. 그러니 과거에 당신의 남편이었다는 말은 절대로 입 밖에 내지 마시오."

"왜죠? 당당히 정체를 밝힌 뒤 나를 버리면 모든 게 쉽게 끝날 텐데 왜 자신을 숨기는 거죠?"

헤스터가 따져 물었다.

"아마 아내에게 배신당한 남편이 받아야 할 수치와 모욕을 피하고 싶어 그러는지도 모르지. 아니면 다른 이유가 있는지도 모르고. 어쨌든 당신 남편은 이미 저 세상에 가 버렸는지 소식이 없다고 해 두면 되는 거요. 말로나 몸짓이나 표정으로도 나를 아는 체하지 마시오. 특히 그자에게 비밀을 누설해선 안 되오. 만일 그렇게 한다면 가만 있지 않겠소. 그놈의 명성도 지위도 생명도 모두 내 손아귀에 있다는 것을 잊지 마시오."

헤스터는 두려움에 떨며 대답했다.

"알았어요. 그 사람의 비밀을 지켜 주듯이 당신의 비밀을 지키겠어요."

"맹세하시오."

그가 다그쳤다. 헤스터는 맹세했다.

"자, 그럼 이만 혼자 있게 해 주리다. 그런데 헤스터? 당신은 잘 때도 그 표식을 달고 있어야 하오? 무서운 꿈을 꾸거나 가위에 눌릴까 봐 두렵진 않소?"

그는 기묘한 웃음을 지으며 헤스터를 바라보았다.

"왜 그런 표정으로 나를 보나요? 당신은 혹시 마을 숲속에 있

다는 악마가 아닌가요? 나를 속여 내 영혼을 파멸시키려는 건 아
닌가요?"

헤스터는 당황하며 물었다.

"당신 영혼은 아니오."

그는 또 한 번 싱긋 웃더니 말했다.

"절대로, 절대로 당신의 영혼은 아니오."

운명의 힘에 이끌려

헤스터 프린의 형기가 끝났다.

감옥 문이 열리자 햇빛이 가슴에 달린 주홍 글씨만 비추는 것 같아 고통스러웠다.

감옥 문을 걸어 나오는 그 순간부터 헤스터의 인생은 새로 시작된다. 시련과 고통은 나날이 새롭게 닥쳐올 것이며 해를 거듭할수록 더욱 수치스럽고 비참해질 것이다. 마침내 묘비에는 더러운 이름만이 남을 것이다.

그럼에도 불구하고 헤스터는 자신을 치욕덩어리로 생각하는 이 고장을 떠나지 않았다. 눈앞에는 넓은 세상이 활짝 열려 있었다. 이 보잘것없는 청교도 식민지 안에서만 살아야 한다는 조항은 판결문 어디에도 없었다. 고향이나 유럽으로 가 숨어 살 수도 있었고, 전혀 다른 종족이 사는 숲으로 들어가 자유를 누릴 수도 있었다.

그러나 세상에는 운명이라는 것이 있다.

사람은 운명의 힘에 이끌려 자기 일생을 얼룩지게 만든 고장을 떠나지 못한 채 유령처럼 떠돌아다닌다. 인생을 슬프게 하는 그림자가 드리울수록 피할 수 없는 힘이 보태지는 법이다.

헤스터는 순례자나 나그네조차 꺼리는 이 황량하고 쓸쓸한 숲 속 들판이 자신에게 알맞은 땅이라 여겼다. 옛날은 벗어던진 옷처럼 낯설었고 어릴 때 살았던 영국의 시골도 타향에 불과했다.

'나는 이 고장에서 죄를 지었다. 받을 형벌이 남았다면 이곳에서 받아야 한다. 언젠가는 내 영혼도 깨끗이 씻어져서 성스러운 여자로 다시 태어날 거다!'

이러한 까닭으로 헤스터는 달아나지 않았다. 그러나 이곳에 자신을 가두어 놓은 것은 어쩌면 또 다른 감정인지도 모른다. 아니 분명히 그랬다. 이곳이야말로 숙명적인 인연으로 맺어진 그 사람이 살고 있으며 거닐고 있는 곳이다.

이 마을 변두리의 바닷가에는 조그만 외딴집이 한 채 있었다.

이 집은 초기의 개척자가 세운 것이었다. 하지만 부근의 땅이 너무 메말라 농사를 지을 수 없는데다 도심에서 너무 멀리 떨어져 있어 폐가가 되었다. 서쪽을 향해 있는 그 집 멀리에는 숲이 우거진 산이 보였다. 이곳에서만 볼 수 있는 특이한 잡목 숲은 외부로부터 집을 가려 주었다. 어쩌면 집이 숲 뒤에 숨어 버렸다는 편이 옳았다.

헤스터는 행정관의 허가를 얻어 이 작은 외딴집에서 아기와 함께 살게 되었다. 마을 아이들은 헤스터가 창가에서 바느질을 하거나 문 앞에 우두커니 서 있거나 마을로 통하는 오솔길을 걸어 나오는 것을 몰래 지켜보았다. 그러다 가슴에 달린 주홍 글씨가 눈에 띄면 까닭 모를 공포심에 사로잡혀 '와!' 소리를 지르며 도망쳤다.

헤스터는 쓸쓸했다. 어느 누구도 그녀를 찾아오지 않았다. 그녀는 그저 몸에 이힌 바느질로 생계를 이어 갈 뿐이었다. 헤스터의 바느질 솜씨는 무척 섬세하고 훌륭했다. 청교도들이 입는 옷은 상복처럼 수수한 것이 특징이었지만, 당시는 정교한 수예품이 유행하던 때라 그녀는 위엄이 돋보이도록 수를 놓았다.

신분이 높거나 부유한 사람들은 수의나 장례식 때 입는 상복은 물론이고, 갓난아기에게 입힐 예복까지도 그녀에게 맡겼다. 헤

스터의 수예품은 차츰 유명해져서 일거리는 얼마든지 있
었고 품삯도 꽤 후한 편이었다.

　사람들은 죄 많은 헤스터의 손으로 만들어진
옷을 몸에 걸침으로써 자신들이 짊어진 허영
의 짐을 덜어 내려 했다. 그러나 청순한
신부가 쓸 하얀 면사포에 수를 놓
아 달라는 일은 단 한
번도 들어오지 않았

다. 그만큼 헤스터를 바라보는 사회의 눈은 차가웠다.

헤스터는 약간의 돈으로 아이의 옷을 아름답게 꾸며 주고 나머지는 모두 자선 사업에 썼다. 그러나 도움을 받는 가난뱅이들조차 그녀에게 모욕을 주었다.

그러나 헤스터는 속죄라도 하듯 그들의 옷을 만드는 데 많은 정성을 기울였다.

어찌 되었든 그녀는 이 사회에서 할 일이 있었고,

치욕의 표시를 가슴에 달아 준 이 세상도 그녀를 완전히 외톨이로 만들지는 못했다. 그렇지만 사람들은 헤스터가 불미스런 일로 쫓겨난 사람이라는 것을 그녀를 대하는 태도나 말씨, 심지어 침묵으로까지 나타내 보였다.

일거리 때문에 드나드는 상류 사회의 부인들도 언제나 그녀의 마음에 고통의 물방울을 떨어뜨렸다. 때로는 노골적인 악담으로 그녀의 곪은 상처를 건드리기도 했다. 그럴 때마다 헤스터는 창백한 볼을 빨갛게 붉힐 뿐 아무 내색도 하지 않았다.

가슴을 후려치는 고통은 그것만이 아니었다. 길을 가다 마주치는 목사는 으레 한바탕 설교를 늘어놓았고, 구경꾼들은 킥킥대며 웃거나 얼굴을 찡그렸다. 교회에 가면 그날 설교의 주제가 되기도 했다.

아이들은 시끄럽게 떠들며 헤스터를 따라다녔다. 아이들이 무심코 지껄이는 말들은 무섭고 고통스러웠다. 호기심에 찬 눈빛으로 뚫어져라 주홍 글씨를 들여다보는 것도 두려웠다. 낯익은 사람들의 싸늘한 눈초리도 견디기 어렵기는 마찬가지였다. 가슴에 단 표식에 헤스터는 나날이 민감해져 갔다.

그러나 죄를 지은 것이 헤스터뿐일까? 헤스터의 상상력은 이상한 데가 있어서 가끔 사람들 마음속에 숨어 있는 죄를 헤아려 냈다. 그것은 헤스터를 공포로 몰아넣는 일이었다. 겉으로 순결한 체하는 수많은 사람들 가슴에도 주홍 글씨가 빨갛게 타오르고 있노라고 악마가 부추기는 것 같았기 때문이다.

목사나 행정관 옆을 지나거나 점잖기 이를 데 없는 부인을 대할 때도 주홍 글씨와 닮은 점이 있지 않을까 하는 생각이 끈질기게 머리를 쳐들었다.

"자, 보아라, 헤스터. 여기 네 동료가 있다."

이런 소리에 오싹함을 느껴 눈을 들면, 헤스터의 주홍 글씨를 곁눈질로 보던 처녀가 황급히 고개를 돌리고는 딴청을 부렸다. 그것을 봄으로써 마치 자신의 순결이 더럽혀지기라도 하는 것처럼. 그런데도 헤스터는 이 세상에 자기만큼 죄를 많이 진 사람은 없을 거라고 믿었다. 이것은 그녀의 마음이 조금도 타락하지 않았음을 말해 주는 증거이기도 했다.

사람들은 상상력을 불러일으키는 일에 두려움을 느끼는 습성이 있다. 그래서인지 주홍 글씨에 대해서도 해괴한 이야기를 꾸며 댔다. 그 글씨의 붉은색은 빨갛게 타오르는 지옥불이기 때문에 헤스터가 있는 곳은 캄캄한 밤에도 아주 환하다는 것이었다.

티없이 맑은 헤스터의 아기는 하느님의 뜻에 따라 죄의 틈바구니에서 한 송이 꽃처럼 피어났다. 아기는 자라면서 날로 아름다움을 더했고, 작은 얼굴에서는 영특함이 배어 나왔다. 엄마는 마냥 신기했다.

펄……. 헤스터는 딸의 이름을 그렇게 지었다. 모습이 진주(영어로는 펄 pearl) 같아서는 아니었다. 진주를 연상 시키는 온화하고 은은한 광택은 조금도 없는 아이였다. '펄'은 고귀한 것, 엄마의 모든 것을 바쳐 얻은 오직 하나뿐인 보물이라는 뜻으로 붙인 이름이었다.

헤스터는 자신의 죄 때문에 아이가 어둡고 거친 성격을 지니게 될까 봐 가슴을 졸였다. 그러나 다행히 펄은 나무랄 데 없는 외모와 활달한 성격을 가진 아이로 자라났다. 마치 에덴 동산에서 태어난 아이 같았다.

헤스터는 펄을 위해 화려한 비단 옷감을 사 상상력을 최대한 쏟아 넣어 외출복을 만들었다. 이렇게 차려입고 나면 너무나 눈부셔서 어두컴컴한 오두막집이 환해질 정도였다.

그러나 펄은 점차 변화무쌍한 성격을 지닌 아이로 자라났다. 펄은 농사를 짓는 집 아이의 들꽃 같은 가련함과 공주의 화려함을 함께 가지고 있었다. 규칙을 따르는 걸 힘들어 했고 도무지 질서라고는 몰랐다. 헤스터는 아이를 가졌을 무렵 자신이 가졌던

정신적 갈등이 그대로 전해져 그런 것이라고 생각했다.

반항적이고 격렬한 기질, 마음속에 어둡게 자리잡고 있는 우울함과 낙담하는 태도까지도 똑같았다. 무서운 표정도 지어 보고 상냥하게 달래 보기도 했으나 도무지 소용이 없다는 것을 알자, 헤스터는 그저 아이가 하는 대로 내버려 둘 수밖에 없었다.

펄이 엄마의 품을 떠나 제법 친구들과 사귈 만한 나이가 된 것은 눈 깜짝 할 사이였다. 어쩌면 그렇게도 빨리 다가왔을까? 떠들썩한 아이들 틈에서 새소리처럼 맑은 펄의 목소리를 들을 수 있다면 엄마는 얼마나 행복할까? 그러나 그것은 생각할 수 없는 일이었다. 펄은 태어나면서부터 보통 아이들 세계에서 추방당한 아이였다. 악마의 핏줄이며 엄마의 죗값으로 낳은 아이라는 꼬리표 때문에 세례를 받은 아이들의 친구가 될 자격이 없었다. 펄은 자신이 여느 아이들하고는 다르다는 것을 본능적으로 느끼고 있었다.

펄이 소녀로 자라 엄마의 작은 동반자가 된 후 헤스터는 남 앞에 나설 때면 꼭 펄을 데리고 다녔다. 그때마다 풀이 우거진 길가나 집 앞에서 놀이를 하고 있는 아이들을 만날 수 있었다. 아이들은 교회놀이, 퀘이커 교도를 매질하는 놀이, 머리 가죽을 벗겨내는 인디언놀이, 마술 흉내놀이 등을 하며 놀았다. 펄은 그들의 모습을 우두커니 바라만 볼 뿐 함께 어울려 놀지 않았고, 그들이 말을 붙여도 모른 척했다.

오히려 아이들이 빙 둘러서거나 하면 돌멩이를 집어던지며 마구 소리를 질렀다. 헤스터는 그 소리에 몸을 떨었다. 그 소리에는 마치 마녀가 뇌까리는 저주의 말 같은 높낮이가 섞여 있기 때문이었다.

개구쟁이 청교도 아이들은 두 모녀가 보통 사람과는 다른, 기분 나쁜 데가 있다는 것을 어렴풋이 알고 함부로 놀려 대곤 했다. 그럴 때마다 펄은 증오심을 가지고 아이들을 대했다. 그러나 아이들과 함께 있을 때와 달리, 집에 혼자 있을 때면 펄은 수많은 물건들의 친구가 되었다. 막대기나 넝마뭉치, 심지어 풀포기까지도 펄의 마음속에 마련된 무대의 주인공이 되었다. 바람이 불 때마다 침울한 소리를 내는 늙은 소나무는 그 모습을 닮은 청교도의 장로 역으로 등장했다.

몰골 사나운 잡초들은 마구 두들겨서 뿌리째 뽑아 버렸다. 청교도 아이들이기 때문이다. 한 가지 색다른 점은 이 아이가 자기 마음이나 머릿속에 그려 낸 것들을 모두 적으로 생각했다는 사실이다. 펄은 누구와도 결코 좋은 관계를 맺으려 하지 않았다.

페니키아의 카트모스 왕자가 용의 이빨을 땅에 심었더니 거기에서 적병들이 나왔다는 내용의 그리스 신화가 있다. 펄은 용의 이빨을 심어 놓고 적군이 뛰어나오면 덤벼드는 그런 식이었다. 헤스터는 그럴 때마다 손에 들고 있던 일감을 자신도 모르게 떨어뜨리기 일쑤였다.

"오, 하늘에 계신 아버지! 당신이 아직도 제 아버지시라면 대답해 주십시오. 저 아이는 도대체 왜 저렇습니까?"

아무리 마음을 억눌러도 울부짖음이 터져 나왔다.

어느 여름날 오후였다. 펄은 들꽃을 잔뜩 꺾어 가지고는 엄마 가슴을 향해 하나씩 던졌다. 들꽃이 주홍 글씨를 맞출 때마다 깡충깡충 뛰며 좋아했다. 고통을 견디는 것도 회개의 하나라는 생각에서인지, 헤스터는 펄의 눈을 슬프게 바라볼 뿐 아무 대꾸도 하지 않았다. 들꽃은 계속해서 날아와 주홍 글씨를 맞추었다. 그때마다 이승에서는 물론 저승에서도 약을 구할 수 없을 것 같은 상처가 가슴을 할퀴었다.

드디어 총알이 떨어지자 펄은 우두커니 선 채 엄마를 쳐다보았다. 깊이를 알 수 없는 검은 눈동자 속에서 작은 악마가 웃고 있는 것 같았다.

"펄, 대체 넌 누구니?"

엄마가 소리쳤다.

"참 엄마도. 엄마 딸이잖아?"

아이는 대답했다. 그러고는 깔깔거리며 팔짝팔짝 뛰어다녔다. 변덕스러운 몸짓은 금방이라도 굴뚝 위까지 뛰어오를 기세였다.

"정말 엄마 딸이니?"

헤스터가 정색을 하고 물었다. 총명한 펄이 제가 태어난 비밀을 다 알고서 드디어 어두운 본성을 드러내는 게 아닌가 하는 생각이 들어서였다.

"그렇다니까. 난 펄이란 말야."

아이는 여전히 익살스러운 몸짓을 되풀이했다.

농담삼아 헤스터가 물었다.

"넌 엄마의 딸이 아냐. 엄마의 펄이 아니란 말야. 넌 누구니? 누가 널 이 세상으로 보냈니?"

"엄마가 가르쳐 줘, 내가 누군지."

펄이 다가와 무릎에 기대었다.

"넌 하늘에 계신 아버지가 보내셨어."

"아냐, 하늘에 아버지는 안 계셔."

펄은 똑똑히 말했다.

"안 돼, 펄. 그런 말하면 못써. 우린 누구나 다 하늘에 계신 아버지가 이 세상으로 내려보내신 거야. 엄마도 그렇고 물론 너도 그래. 안 그러면 네가 어디서 왔겠어? 펄, 넌 정말 이상한 아이구나!"

엄마는 신음 소리를 억눌렀다.

"가르쳐 줘, 내가 어디서 왔는지 가르쳐 달란 말야. 엉?"

펄은 웃어 대며 마루 위를 뛰어다녔다.

헤스터는 대답할 수가 없었다. 이웃 사람들의 말이 생각났다. 펄의 아빠가 누구인지 알려고 애쓰던 사람들은 이 아이의 기묘한 성질을 보고서 펄이 악마의 자식임에 틀림없다고 떠들어 댔다. 악마의 자식들이 어머니의 죄로 세상에 태어난다는 것은 중세 때부터 전해지던 말이었다.

어린 마녀와 목사

어느 날 헤스터 프린은 베링검 총독의 저택에 가게 되었다. 총독이 수를 놓아 달라 부탁했던 장갑을 전해 주기 위해서였다. 선거에서 패배하는 바람에 최고 지위에서 두어 계단 물러났지만 그는 여전히 명예와 권세를 지닌 인물이었다.

이날 헤스터는 수놓은 장갑을 전하는 일 외에 중요한 용무가 또 있었다. 종교와 정치를 바로 세운다는 구실 아래 헤스터의 아이를 빼앗으려는 계획이 원로들 사이에서 논의되고 있다는 소문을 들었기 때문이다. 펄이 악마의 핏줄을 이어받았다고 여기던 사람들은 헤스터의 영혼을 위해 딸을 떼어 놓아야 한다고 생각했다. 또한 보다 훌륭한 사람이 키우는 것이 아이의 장래를 위해 낫다고 여겼다. 이 계획을 베링검 총독이 가장 적극적으로 추진하고 있다는 말을 들었다.

당시는 모든 것이 단순하고 소박했기 때문에 대수롭지 않은 문제들이 자주 논쟁거리가 되었다. 돼지 한 마리의 소유권을 둘러싸고도 어마어마한 대립이 불거져 나왔을 정도였다.

총독에게 가는 동안 펄은 안아 달라고 응석을 부리기도 하고, 엄마를 앞질러 풀이 우거진 오솔길을 줄달음질치다가 넘어지기도 했다. 환한 살빛, 깊고도 강렬하게 빛나는 두 눈, 벌써부터 윤기가 흐르는 짙은 갈색 머리의 펄은 활기가 넘쳤다. 게다가 빨간 벨벳 저고리의 강렬한 색조는 화려한 금실 자수와 멋지게 어울려 마치 불꽃덩어리 같았다. 그런 차림은 엄마 가슴에 달린 표시를 생각나게도 했다.

두 모녀가 마을로 들어서자 청교도 아이들은 놀이를 멈추고는 수군댔다.

"저것 봐, 저기 주홍 글씨를 단 여자가 간다. 옆에 뛰어가고 있는 아이도 주홍 글씨하고 똑같다. 그렇지? 우리 가서 진흙이라도 던지자."

그러나 펄은 지기 싫어하는 아이였다. 펄은 발을 구르고 작은 주먹을 흔들어 위협하더니 갑자기 적의 무리 속으로 뛰어들어 모두 쫓아 버렸다. 펄은 소리를 질러 도망치는 아이들을 공포에 떨게 하고는 승리자처럼 빼겼다.

총독의 저택은 크기가 어마어마한 목조 건물이었다. 깨진 유리 조각이 섞인 회를 발라 놓은 벽은 햇빛이 정면을 비껴 쬐면 다이아몬드 가루를 뿌려 놓은 듯 반짝였다.

늙은 청교도 지배자의 저택이라기보다 알라딘 궁전이라고 하는 편이 옳았다. 벽면은 흰 회가 마르기 전에 그려 넣은 기묘한 무늬와 도형으로 장식되어 있었다.

휘황찬란한 집을 보자 펄은 깡충깡충 뛰어다니며 저택에 비치는 햇빛을 떼어 장난감을 만들어 달라고 졸랐다.

아치형 현관 양쪽에는 좁다란 탑같이 튀어나온 부분이 서로 마주 보고 있었다. 어느 쪽에나 달린 살창문에는 필요에 따라 여닫을 수 있는 나무 덧문이 달려 있었다.

현관에 달린 작은 쇠망치로 문을 두드리자 시종이 얼굴을 내밀었다.

"베링검 총독님은 계신가요?"

"네, 그렇습니다."

시종은 이 집에 들어온 지 얼마 안 된 듯 처음 보는 주홍 글씨에 눈이 휘둥그레졌다.

"총독께선 댁에 계십니다만 목사님 두 분과 의사 선생님이 함께 계셔서 지금 바로 만나 뵐 수는 없을 겁니다."

"그래도 들어가야겠어요."

단호한 태도와 가슴에 빛나는 주홍 글씨를 보고 귀부인이라 여겼던지 시종은 더 이상 막지 않았다.

총독의 저택은 영국의 상류층 저택처럼 설계되어 있었다. 천장이 높고 널찍한 객실은 건물 안쪽까지 계속되어 다른 방들과 직접 통하는 복도 구실을 했다.

가구라고는 등받이에 참나무 꽃을 조각한 묵직한 의자들과 테이블 하나뿐이었다. 모두 엘리자베스 여왕 시대의 것이든가 그 이전의 물건으로서 총독의 본가에서 가져다 놓은 유물이었다.

벽에는 베링검 가문 대대로 이어져 온 초상화들이 줄지어 걸려 있었다. 하나같이 냉엄한 표정의 초상화들은 마치 산 사람들의 세속적인 향락을 날카롭게 꾸짖는 유령 같았다. 객실의 벽을 이루는 참나무 판 한가운데는 투구와 갑옷 한 벌이 걸려 있었다. 그것들은 광백이 날 정도로 잘 손질되어 온 마룻바닥이 번쩍일 정도였다. 펄은 빛이 나는 저택의 정면을 보았을 때처럼 기뻐하며 소리쳤다.

"엄마, 엄마가 여기 비쳐. 이리 와 봐."

헤스터는 아이를 즐겁게 해 주려고 하라는 대로 했다. 그러자 주홍 글씨가 묘하게 과장되어 나타났다. 펄은 투구에 비친 일그러진 자기 모습을 손가락질하며 웃었다.

"이리 온, 펄. 저기 정원을 구경하자. 꽃이 피어 있을지도 몰라. 숲에서 보는 것보다 더 고운 꽃들이."

펄은 창 쪽으로 달려가 밖을 내다보았다. 짧게 깎은 잔디가 양탄자처럼 깔린 정원 양쪽에는 손질이 안 된 관목이 절반쯤 심어진 산책길이 나 있었다. 한쪽에는 양배추가 자라고 있었고, 호박은 벽면 가까이 덩굴을 뻗어 객실 창문 아래에다 커다란 열매를

SIR FINCH

매달아 놓았다.

펄은 빨간 장미꽃을 꺾어 달라며 연신 졸라 댔다.

"그만 하렴, 펄. 정원에서 사람 소리가 나잖아? 총독님이 계시단 말이야, 다른 분들도."

헤스터는 애원하듯이 말했다.

그때 산책길 저쪽에서 몇 명의 남자들이 걸어오는 것이 보였다. 악을 쓰며 울던 펄은 그제야 울음을 뚝 그쳤다. 호기심이 고개를 들었던 모양이다.

헐렁한 윗도리에 가벼운 모자를 쓴 베링검 총독이 앞장서서 집터를 안내하고 있었다. 흩날리는 눈발처럼 흰 턱수염을 나부끼는 존 윌슨 목사 뒤에는 두 사람의 손님이 따라오고 있었다.

한 사람은 아서 딤스데일 목사였고, 또 한 사람은 의사 신분으로 최근 몇 년 동안 이 마을에서 살아 온 로저 틸링워스 노인이었다. 그는 젊은 목사의 주치의인 동시에 친구였다.

손님들을 이끌고 계단을 올라온 총독이 객실의 창문을 활짝 열어젖히는 순간, 펄과 정면으로 마주쳤다. 헤스터는 커튼 그늘에 가려 잘 보이지 않았다.

"이게 누구지?"

총독은 눈앞에 있는 아이의 새빨간 모습을 보고 깜짝 놀라 말했다.

"이런 모습은 젊었을 때 궁정 가면 무도회에 참석했던 이후로 처음이야. 그런데 이런 꼬마 손님이 어떻게 객실에 들어왔을까?"

"그러게요."

착한 윌슨 목사가 큰 소리로 말했다.

"요 빨간 깃털을 단 새는 무슨 새일까? 네 이름은 뭐니? 넌 그리스도 교도의 아이냐? 교리 문답은 아느냐? 아니면 장난꾸러기 요정의 친구냐?"

"난 우리 엄마 딸이에요. 내 이름은 펄이고요."

붉은색 요정이 대답했다.

"펄? 진주? 진주가 아니라 루비겠지. 아니면 산호든가. 그 옷 색깔을 보니 아무래도 빨간 장미라고 해야겠어. 그런데 네 엄마는 어디 있지? 아, 저기 계시군."

늙은 목사가 펄의 볼을 만지려고 하자 아이는 살짝 피해 버렸다. 목사는 베링검 총독을 보며 작은 소리로 말했다.

"이 애가 지금껏 우리가 의논했던 문제의 아이입니다. 저기 불행한 어머니 헤스터 프린도 와 있군요."

"마침 때맞춰 왔군. 어서 그 문제를 의논하기로 합시다."

베링검 총독의 뒤를 따라 나머지 세 사람도 객실 안으로 들어

왔다.

"헤스터 프린, 요즘 그대에 대해 많은 이야기들이 오갔소."

총독이 엄한 시선으로 헤스터를 바라보며 말했다.

"저 아이의 영혼을 타락한 그대에게 맡겨 두어도 우리 의무를

다했다고 할 수 있느냐 하는 문제였소. 아이 어머니로서 그대 생각을 듣고 싶소. 그대 곁을 떠나 제대로 된 옷을 입고 엄격한 교육으로 하늘과 땅의 진리를 배우게 하는 것이 어떻겠소? 이 애의 현세와 내세의 행복을 위해 보다 나은 길이라고 생각지 않소? 그대는 아이를 위해 무슨 일을 할 수 있겠소?"

헤스터 프린은 주홍 글씨를 가리키며 대답했다.

"이 글씨에서 배운 것을 가르칠 수 있어요."

"뭐라고? 그건 수치의 표시가 아니오? 우리가 아이를 다른 사람에게 맡기려고 하는 것은 바로 그 글씨 때문이오."

"말씀은 그렇습니다만."

안색은 창백했지만 헤스터는 침착하게 말을 이었다.

"이 표시가 저에게 매일, 아니 지금 이 순간에도 가르쳐 주고 있습니다. 나에게는 아무 소용이 없지만 이 아이는 주홍 글씨의 고통을 새겨 좀 더 슬기롭고 현명한 아이로 자랄 수 있을 거라는 사실을 말입니다."

"좀 더 신중히 이 일을 처리해야겠군요."

베링검 총독이 말했다.

"윌슨, 이 아이를 좀 시험해 봐야 할 것 같습니다. 제 나이에 맞는 기독교 교육을 받았는지 그러질 못했는지 말입니다."

늙은 목사가 안락 의자에 앉아 펄을 끌어당기려 했다.

"으으, 싫어요!"

엄마 말고는 누구도 자신에게 손을 댄 적이 없었기에, 펄은 깜짝 놀라 창문으로 뛰어나가 계단까지 도망쳤다.

마치 화려한 빛깔의 깃털을 단 열대 지방의 들새가 하늘을 나는 듯한 모습이었다. 평소 인자한 할아버지 같아서 아이들이 잘 따랐던 윌슨 목사는 돌연한 행동에 적잖이 당황했다.

"펄! 말을 잘 들으면 진짜 진주를 가질 수 있어. 너는 누가 만들었지? 대답해 봐라."

그런 것쯤은 신앙심이 깊은 엄마에게 배워 잘 알고 있었다. 그러나 펄은 기분이 나쁜 듯 손가락을 입에 문 채 대답을 하지 않았다. 그러다가 자기는 누가 만든 게 아니라 엄마가 감옥 문 옆에 핀 찔레꽃 덤불에서 주워 왔노라고 말했다. 이런 엉뚱한 대답이 떠오른 것은 총독 저택 정원에 핀 빨간 장미와 오는 도중에 보았던 감옥 앞 찔레꽃 덤불 탓이었다.

로저 틸링워스 노인은 미소를 띠며 젊은 목사에게 무언가 귓속말을 했다.

헤스터는 노인의 얼굴을 보았다. 침울한 안색은 더욱 어두워 보였고 몸은 전보다 더 심하게 뒤틀려 있었다. 이전에 함께 살던 사람이라는 게 믿어지지 않을 만큼 흉측했다.

"이거 야단났군."

총독이 어이없어 하며 큰 소리로 말했다.

"세 살이나 되었다면서 누가 자기를 만들었는지도 모르다니. 여러분, 더 이상 물어볼 필요도 없지 않을까요?"

그 순간, 헤스터는 펄을 붙잡아 두 팔로 꽉 끌어안으며 몹시 사나운 기세로 총독을 쏘아보았다. 오직 딸만을 바라보며 살아 왔다. 온 세상 사람들이 덤벼든다 해도 아이만은 절대로 포기할 수 없었다. 헤스터는 죽어도 딸을 지키겠다고 결심했다.

"하느님이 이 아이를 주셨어요."

헤스터는 외쳤다.

"당신들이 모든 것을 빼앗아 갔기 때문에 그 대신 하느님이 이 아이를 주신 거예요. 이 아이는 내 행복이에요. 내 가책이기도 해요. 또 내게 벌을 주기도 해요. 안 보이세요? 이 아이는 주홍 글씨예요. 내 죄를 벌하는 힘이 백만 배나 더 큰 주홍 글씨예요. 내 딸을 당신들에게 내줄 순 없어요. 죽으면 죽었지 그렇게는 못 해요."

"가엾은 여인이로군."

인정 많은 늙은 목사가 말했다.

"이 아인 잘 돌보게 될 거요, 그대 이상으로."

"하느님이 제게 맡겨 주신 아이예요. 누구한테도 이 아이를 내줄 순 없어요."

헤스터 프린의 목소리는 비명에 가까웠다. 그러곤 발작이라도 하듯이 젊은 목사를 돌아보았다.

"말씀 좀 해 주세요. 당신은 제 목사님이셨고 제 영혼을 책임 지셨던 분이니까 여기 계신 분들보다 저를 더 잘 아시잖아요? 이 아이만은 빼앗아 갈 수 없어요. 저를 좀 변호해 주세요. 당신은 제 마음을 알아주실 거예요. 이분들한테는 없는 동정심을 가지고 있으니까요. 제 마음속에 무엇이 있는지 엄마의 권리가 어떤 것인지 당신은 알고 있을 거예요. 부탁입니다. 이 아이를 빼앗아 갈 순 없어요. 제발 부탁입니다."

헤스터의 호소는 격렬하고도 절박해 금방이라도 미쳐 날뛸 것 같았다.

얼굴이 창백해진 젊은 목사는 가슴에 손을 얹었다. 그는 헤스터가 군중 앞에서 모욕을 당한 날보다 더 초췌하고 수척해 보였다. 크고 검은 눈 깊숙한 곳에는 무한한 괴로움이 서려 있었다.

"이 여인의 말에도 또 그렇게 말하는 심정에도 일리가 있습니다. 하느님이 아이를 주셨으므로 본능적으로 아이를 이해할 힘도 주셨을 겁니다. 어느 누구도 이 여자만큼 아이를 잘 아는 사람은 없습니다. 게다가 모녀 사이에는 뭔가 머리가 숙여질 만한 신성한 데가 있지 않습니까?"

목사의 음성은 부드러우면서도 강력했다. 넓은 방 안이 쩌렁쩌렁 울려 벽에 걸린 갑옷이 흔들릴 정도였다.

"뭐라고요? 그게 무슨 말씀입니까? 딤스데일 목사님, 좀 더 자세히 설명해 주시기 바랍니다."

총독이 목사의 말을 가로막았다.

"당연한 일 아닙니까? 아비의 죄와 어미의 수치 사이에서 태어난 이 아이는 어머니의 마음을 감화시키기 위해 하느님의 손을 통해 세상에 온 겁니다. 그래서 어머니 역시 저렇게 열심히, 또 저렇게 애타는 마음으로 아이를 보호할 권리를 주장하는 겁니다. 아이는 이 땅에 축복으로 태어났습니다. 게다가 어머니가 말했듯 죄를 벌하기 위해 태어났습니다. 아이는 불현듯 가슴을 찌르는 고통이며, 새삼스레 느끼는 가책이며, 늘 되살아나는 괴로움입니다. 아이의 옷차림을 보십시오. 그런 흔적이 나타나 있지 않습니까? 여인의 가슴에 찍힌 저 붉은 표식을 뚜렷이 생각나게 하지 않습니까?"

"참으로 좋은 말씀을 하셨습니다. 나는 이 여인이 자기 아이를 못된 아이로 만들까 봐 걱정하고 있었지요."

월슨 목사가 큰 소리로 말했다.

"결코 그렇지 않을 겁니다. 게다가 이 여인은 하느님께서 자신의 영혼을 살리기 위해 아이를 내리신 것으로 믿고 있습니다. 그러므로 아이를 뒷바라지하는 것은 이 가엾은 여인을 위해서도 좋은 일입니다. 아이가 엄마의 타락을 되새겨 줄 겁니다. 엄마가 아이를 천국으로 인도할 수 있다면 아이 또한 엄마를 천국으로 인도할 겁니다. 죄 많은 어머니 쪽이 죄 많은 아버지보다 행복하다고 할 수 있겠죠. 그러니 하느님의 섭리대로 두 사람을 놔 두는 게 좋을 것 같습니다. 그것이 두 사람을 행복하게 하는 길입니다."

"굉장히 열성적으로 말씀하시는군요."

로저 틸링워스 노인이 웃으며 말했다.

조금 뒤 윌슨 목사가 총독에게 물었다.

"어떻게 생각하십니까?"

"이 문제는 일단 보류하기로 합시다. 하여간 규칙대로 우선 저 아이에게 교리 문답 시험을 치르게 하십시오. 그리고 적당한 시기가 되면 학교에도 보내고 교회의 모임에도 나가도록 책임자들에게 일러 줘야 할 것 같습니다."

젊은 목사는 몇 발짝 물러나더니 두터운 커튼 자락 뒤에 얼굴을 반쯤 가리고 섰다. 마룻바닥에 던져진 그의 그림자는 여전히 떨리고 있었다.

그때였다. 펄이 살며시 다가가더니 두 손으로 젊은 목사의 손을 잡아 자기 볼에다 갖다 댔다. 이렇게 부드럽고 따뜻하게 애정을 표현한 적이 없는 아이였기에 헤스터는 적잖이 놀랐다.

목사는 잠시 주저하다가 아이의 이마에 입을 맞추었다. 아이는 웃으면서 객실 쪽으로 뛰어갔다. 그 모양이 어찌나 가볍고 경쾌한지 발끝이 마룻바닥에 닿지 않는 것 같았다.

"아무리 봐도 요술을 부리는 것 같군. 마귀 할멈의 빗자루 없이도 하늘을 날 수 있겠어."

월슨 목사 말에 틸링워스 노인이 참견을 했다.

"여러분, 제게 한 가지 생각이 있습니다. 이 아이의 성격을 분석해서 아빠가 누구인지 추측해 보면 어떨까요? 학자의 연구 범위를 벗어난 일일까요?"

"이런 문제를 세상 학문에 의뢰하여 해결하려는 것은 죄가 됩니다. 단식과 기도로 하느님의 뜻을 묻는 게 바람직하지요. 하느님의 뜻으로 밝혀지지 않는 한 비밀은 비밀로 놔 두는 게 좋지 않을까요? 모든 기독교인은 아버지가 없는 이 불쌍한 아이에게 어버이와 같은 친절을 베풀 의무가 있습니다."

월슨 목사가 말했다.

일이 잘 해결되자 헤스터 프린은 안도의 한숨을 내쉰 뒤 펄과 함께 저택을 나왔다.

둘이 계단을 내려올 때였다. 갑자기 격자 창문이 열리더니 햇빛 속에서 총독의 심술궂은 누이동생 히빈스 부인의 얼굴이 불쑥 나타났다.

"이것 봐, 헤스터! 당신 오늘 밤 나하고 숲에 가지 않겠어? 마왕한테 당신하고 같이 가겠다고 약속했는데 말야."

"못 가 미안하다고 전해 주세요."

헤스터는 의기양양한 미소를 지으며 대답했다.

"집에서 펄을 돌봐야 해요. 혹시 아이를 빼앗겼다면 당신을 따라가 내 피로 마왕 장부에 서명을 했겠지만요."

"머잖아 꼭 데리고 갈 테야."

마녀는 얼굴을 찡그리고 창문 안으로 모습을 감추었다.

이것만으로도 모녀의 관계를 끊어서는 안 된다는 목사의 주장이 옳았음은 입증되었다. 이렇게 펄은 어렸을 때부터 악마의 손길에서 엄마를 구했다.

틸링워스와 딤스데일

틸링워스 노인은 보스턴에 닿은 그날부터 딤스데일 목사를 정신적 지도자로 모셨다. 영국 옥스퍼드 대학에서는 아직도 학자로서의 명성이 남아 있어 열렬한 신자들은 목사를 하느님이 보낸 사도이자 위대한 업적을 수행할 사람이라고 생각했다. 그러나 그 즈음 딤스데일 목사의 몸은 눈에 띄게 쇠약해져 갔다. 사람들은 그가 지나치게 연구에 몰두하고 교회 일을 너무 양심적으로 처리하는데다 자주 단식이나 철야 기도를 하기 때문에 그런 것이라고 입을 모았다.

어쨌든 그의 몸은 몹시 수척했고 사소한 일에도 잘 놀랐다. 뜻밖의 일이라도 생기면 얼굴이 새파래진 채 고통스러운 듯 가슴에 손을 얹곤 했다.

로저 틸링워스는 목사의 건강이 악화될 무렵 이 도시에 나타났다. 그는 꽤 유능한 의사로 이름나 있었다. 하찮은 들꽃이나 나무뿌리, 나뭇가지 같은 것에서 약효를 뽑아 내는 재능이 있었기 때문이다.

하느님이 유명한 의학 박사를 독일의 어느 대학에서 고스란히 옮겨다 딤스데일 목사 앞에 내려놓았다는 소문이 퍼질 정도였다. 교구민의 한 사람으로 목사에게 접근한 그는, 소극적이면서 다정다감한 목사의 친구가 되려고 노력했다.

그는 목사의 건강 상태를 알고는 몹시 놀랐으나 열심히 치료하고 빨리 서두르면 회복할 수도 있다고 말했다. 딤스데일 목사의 교구에 속한 이들은 누구나 그의 솜씨를 시험할 겸 한번 약을 써 보라고 귀찮을 정도로 권했다. 그러면 목사는 조용하게 그 간청을 물리치고는 이렇게 되풀이했다.

"난 약 같은 건 필요 없소."

그러나 날이 갈수록 볼은 창백하게 여위어 가고 목소리는 전보다 더 떨렸다.

'가슴에다 손을 얹는 일이 이젠 우연한 몸짓이라기보다 하나의 습관으로 변해 버렸는데 어째서 목사는 그런 말을 하는 걸

까? 목사의 직분에 싫증이 났단 말인가, 아니면 죽기를 원한단 말인가?'

보스턴의 선배 목사나 교회 집사들은 매우 진지한 태도로 이런 의문을 가졌다. 그러고는 하느님이 베푸시는 구원의 손길을 거절하는 것은 죄라고까지 말했다.

마침내 딤스데일 목사는 틸링워스에게 조언을 구하게 되었다.

"이것이 하느님의 뜻이라면 나의 일이나 슬픔이나 고통이 죽음과 더불어 끝난다 해도 만족할 것입니다. 당신의 의술을 굳이 시험해 보지 않아도 세속적인 것은 묘에 묻힐 것이고 정신적인 것은 나와 함께 내세에 가게 될 테니까요."

"네, 목사님은 젊으니까 그렇게 말씀하실 수도 있죠."

로저 틸링워스의 말은 언제나 조용했다.

"젊은 사람들은 대부분 인생을 손쉽게 단념해요. 이 땅 위를 하느님과 함께 걷고 있는 성자는 기쁘게 세상을 떠나 하늘 나라에서 하느님과 함께 황금의 길을 걷고 싶을 테지요."

"천만의 말씀입니다. 설령 내가 그런 곳에서 산책할 자격이 있는 사람이라 할지라도 차라리 이 세상에서 땀 흘려 일하는 것에 만족할 겁니다."

가슴에 손을 얹은 젊은 목사의 이마에 고통의 빛이 스쳤다.

"훌륭한 분들은 언제나 그렇게 자기 자신을 과소 평가하지요."
틸링워스가 말했다.

이렇게 하여 의문의 인물 로저 틸링워스는 딤스데일 목사의 주치의가 되었다.

두 사람은 많은 시간을 함께 보냈다. 딤스데일 목사는 틸링워스를 통해 많은 기쁨과 위안을 얻었다. 그와 대화를 나누다 보면 닫혀 있던 창문이 활짝 열리면서 답답한 방 안으로 신선한 공기가 빨려들어오는 느낌이 들었다.

로저 틸링워스는 환자를 치료하려면 우선 환자를 상세히 알아

야 한다고 생각했다. 인간의 마음과 생각은 몸의 병에 커다란 영향을 미치는 법이다. 아서 딤스데일의 경우 감수성과 상상력이 몹시 예민하고도 강렬했기 때문에 그런 병이 생긴 듯했다. 그래서 틸링워스는 동굴 속의 보물을 찾는 사람처럼 목사의 가슴속을 세밀하게 파헤쳤다.

두 사람은 점차 친밀한 관계가 되었다. 그러나 틀림없이 있으리라고 믿었던 비밀이 틸링워스의 귀에 들리는 일은 끝내 일어나지 않았다. 의사는 어느 순간 딤스데일 목사가 자기 병의 실체에 대해 제대로 말해 주지 않는다는 의혹에 사로잡혔다. 참으로 이상한 침묵이라고 느껴졌다.

얼마 뒤 로저 틸링워스와 주변의 제안에 따라 두 사람은 한 집에서 살게 되었다. 의사가 목사의 건강 상태를 늘 지켜볼 필요가 있기 때문이었다. 새 집은 사회적으로 명망이 있고 신앙심도 깊은 미망인의 집이었다. 그 집은 교회 건물의 대지를 거의 차지하고 있는데다, 한쪽에는 묘지가 있어 진지한 사색에 잠기기에 더할 나위 없이 좋은 환경이었다.

딤스데일 목사는 어머니와도 같은 미망인의 배려로 양지바른 바깥쪽 방을 쓰게 되었다. 낮에도 햇볕을 가릴 수 있도록 두터운 커튼이 드리워진 방이었다. 목사는 가지고 온 책들을 방에다 쌓아 놓았다. 반대편 방은 로저 틸링워스 노인의 서재 겸 실험실이었다. 두 사람은 허물없이 드나들면서 서로의 일을 지켜보았다.

최근 이 마을에서는 이상한 말이 돌았다. 딤스데일 목사와 함께 살게 된 이후로 노의사의 얼굴이 놀랄 만큼 더 추악해졌다는 것이었다. 실험실에서 쓰는 불이 땅 속에서 가져온 지옥의 연료여서 그렇게 됐다고 말하는 사람도 있었다.

요컨대 로저 틸링워스 노인의 모습으로 변한 악마의 사자가 딤스데일 목사를 따라다닌다는 소문이 세상에 퍼지기 시작한 것이다. 가엾은 목사의 눈 속에 깃든 공포의 그림자는 그 싸움이 아주 치열한 것임을 말해 주는 듯했다.

로저 틸링워스 노인은 탐색을 시작했다. 노인은 광산에서 노다지를 찾는 사람처럼 젊은 목사의 일거수 일투족을 파헤쳤다. 그 모습은 시체의 옷에 달린 보석을 찾으려고 무덤을 파헤치는 묘지의 인부와 흡사했다.

어떤 때 의사는 혼자 중얼거렸다.

"이 목사는 남 보기에는 순수하고 맑아 보여. 하지만 부모 중 어느 한 사람한테서 강렬한 동물적 체질을 물려받았어. 좀 더 알아봐야겠는걸."

의사는 이처럼 목사의 어두운 내면을 오랫동안 더듬어 보았다.

그러나 아무리 봐도 인류의 행복을 향한 높은 이상, 따뜻한 마음, 순수한 감정이 빛나고 있을 뿐이었다.

그는 실망하고 돌아서서 또 다른 방향으로 조사를 시작했다. 그래서 이따금 발소리를 죽이고 몰래 그에게 다가갔다. 그러나 세심한 주의를 기울였음에도 마루청이 삐걱대고 그림자가 상대방의 얼굴을 가리는 바람에 허사로 돌아가곤 했다.

딤스데일 목사는 막연하게나마 자신에게 적대감을 품은 누군가가 다가오는 것을 느꼈다. 그러나 목사가 깜짝 놀라 쳐다볼 때마다 의사는 사려 깊은 친구 같은 표정으로 태연히 앉아 있었다.

어느 날 목사는 창문턱에 팔꿈치를 대고 손으로 이마를 짚은 채 로저 틸링워스와 얘기를 나누었다. 노인은 지저분한 풀다발을 조사 중이었다.

"선생님, 이렇게 꺼멓고 다 시들어 버린 약초를 어디서 수집하셨습니까?"

목사가 곁눈질을 하며 물었다. 사람이고 물건이고 정면으로 보시 않는 것이 버릇처럼 되어서였다.

의사는 일손을 멈추지 않고 대답했다.

"바로 저 묘지에서 뜯었지요. 나도 처음 보는 풀이에요. 아마 죽은 이의 심장에서 돋아난 것일 겝니다. 살아 있는 동안 고백했더라면 좋았을 무서운 비밀을 숨긴 채 묻혔기 때문에 그 비밀이 이런 모양으로 나타났는지도 모르지요."

"그 사람도 고백하고 싶은 마음은 간절했지만 할 수 없었던 게지요."

"왜 고백하지 않았을까요? 하지만 보시다시피 죽은 이의 심장에서 이렇게 꺼먼 잡초가 돋아 나와 생전의 죄를 나타내지 않습니까?"

"그건 선생님의 공상에 지나지 않아요. 마음속에 묻힌 비밀을 폭로하게 하는 힘은 하느님에게만 있어요. 그렇기 때문에 비밀을 간직하고 있는 마음은 계속 비밀을 지키려고 애쓰지요. 하지만 최후의 심판날이 오면 말할 수 없는 기쁨으로 고백할 거라고 생각합니다."

"그렇다면 왜 이 세상에서는 비밀을 털어놓지 못할까요? 왜 죄인은 그 말할 수 없는 기쁨을 좀 더 빨리 자기 것으로 만들지 않을까요?"

로저 틸링워스는 목사를 넌지시 곁눈질하며 물었다.

"대부분의 사람들이 그렇다는 말이지요. 실은 많은 사람들이 나한테 죄를 고백하거든요".

목사는 괴로운 듯 가슴을 움켜쥐더니 말을 계속했다.

"그러고 나면 얼마나 안도의 표정을 짓는지 몰라요. 그럴 수밖에 없지 않겠어요? 살인을 범한 사람도 시체를 마음속에 묻어 두기보다 즉시 밖으로 내던지면 홀가분할 테니까요."

"비밀을 가슴속에 그대로 묻어 두려는 사람도 있어요. 하긴 타고난 성격 때문인지도 모르지요. 또는 비록 죄는 졌지만 사람들 앞에 드러내기를 꺼리는 것일 수도 있고요. 그렇게 되면 선행을 할 수도 없고 나쁜 짓을 속죄할 수도 없게 되니까요."

의사는 조용하게 말을 이었다.

"그래서 말할 수 없는 고통을 겪으면서도 사람들 앞에서는 마치 흰 눈처럼 순결한 체하는 거지요. 마음속에는 좀처럼 지울 수 없는 죄악이 시커멓게 얼룩져 있으면서도요. 그런 사람은 자신을 속이는 겁니다."

로저 틸링워스의 말은 여느 때와 달리 힘차게 들렸다.

그는 집게손가락을 가볍게 움직이며 말을 계속했다.

"그런 사람들은 치욕을 마주 대하는 일이 두려운 거예요. 하느님을 대하는 것도요. 그자들이 아무리 하느님을 찬양하고 싶어 하더라도 그 더러운 손을 천국 쪽으로 쳐들게 해서는 안 돼요. 그들이 봉사하기 원한다면 우선 겸손한 태도로 죄를 회개하도록 해야 하지 않을까요? 그런 자들은 자신을 속이는 겁니다. 절대로 그렇습니다."

"그럴지도 모르죠."

젊은 목사는 당치 않은 얘기를 가로막듯 무뚝뚝한 어조로 대답했다. 그리고는 이렇게 화제를 돌렸다.

"선생님이 친절하게 간호해 주셨는데 내 건강이 좀 나아지긴 했나요?"

로저 틸링워스가 채 대답을 하기 전이었다.

어린아이의 맑고 자지러지는 듯한 웃음소리가 이웃 묘지 근처에서 들려왔다.

목사는 헤스터 프린과 딸이 묘지를 가로지른 오솔길을 걸어오고 있는 것을 보았다. 펄은 눈부신 태양처럼 아름다웠으며 무척 쾌활해 보였다. 이 무덤에서 저 무덤으로 뛰어다니다가 넓고 평평한 비석 위에서 춤을 추었다. 엄마가 얌전히 하라고 타이르자 무덤 옆에 있는 커다란 우방초에서 뾰족한 가시를 따 모아서는 엄마 가슴에 붙은 주홍 글씨의 가장자리를 따라 가며 붙였다. 헤스터는 굳이 떼려고 하지 않았다.

로저 틸링워스가 창가로 와 침울한 웃음을 띠며 내려다보았다.

"저 아이는 옳고 그름을 전혀 분간할 줄 모른단 말야. 남의 의견이라곤 전혀 안중에도 없고 말야."

의사는 혼잣말처럼, 그러면서도 누군가 듣길 바라는 듯한 말투로 중얼댔다.

"요전에는 저 애가 총독 각하에게 가축용 물통의 물을 끼얹는 걸 보았어요. 저 아이는 도대체 왜 그럴까요? 정말 악으로만 만들어진 걸까요? 저 애도 사랑이라는 걸 지녔을까요? 산다는 것의 원칙이 갖추어져 있을까요?"

"아무것도 없습니다. 저 아이에게 있는 것은 법을 깨뜨려 버린 뒤에 오는 자유뿐이에요. 선행을 할 수 있을지는 모르겠군요."

딤스데일 목사의 대답은 조용했으나 이 문제를 줄곧 생각해 온 것 같은 태도였다.

그때였다. 두 사람의 말소리를 들었는지, 펄이 심술궂긴 하나 명랑함과 총명함이 가득한 미소를 띠고 창문 쪽을 올려다보았다. 그러더니 목사를 향해 가시 하나를 집어던졌다.

목사는 깜짝 놀라 날아오는 가시를 피했다.

당황하는 모습을 보자 펄은 재미있다는 듯이 손뼉을 치며 좋아했다.

헤스터도 무의식 중에 눈을 들었다. 네 사람은 잠자코 서로의 얼굴을 바라보았다.

아이가 큰 소리로 웃으면서 소리쳤다.

"도망가, 엄마. 도망가지 않으면 저기 있는 악마한테 붙잡혀. 목사님은 벌써 붙잡혔단 말야. 하지만 난 문제 없어."

펄은 엄마의 손을 잡아끌고 깡충거리며 뛰어갔다.

잠시 뒤에 로저 틸링워스가 말했다.

"목사님은 헤스터 프린의 죄가 가슴에 주홍 글씨를 다는 것으로 조금이나마 가벼워졌을 거라고 생각하세요?"

"그렇게 믿습니다. 그러나 저 입장이 되어 보지 않고는 뭐라 말할 수 없어요. 얼굴에 굉장히 심한 고통이 엿보이니까요. 그러나 죄를 숨기고 괴로워하는 사람보다는 헤스터처럼 고통을 나타내는 편이 훨씬 나으리라 생각됩니다."

또 잠시 말이 끊어졌다.

의사는 약초를 다시 정리하기 시작했다.

"아까 건강에 대해 물으셨지요?"

마침내 의사가 입을 열었다.

"네, 꼭 알고 싶어요. 망설이지 말고 솔직히 말씀해 주세요. 죽든 살든 상관 없어요."

"그럼, 솔직히 말씀드리지요."

의사는 여전히 약초를 뒤적이며 목사를 살피다가 말했다.

"목사님 병은 좀 이상해요. 적어도 내가 관찰한 증세로 본다면 대단한 것이 못 돼요. 중병인 것은 분명하지만 불치병이라고 할 정도는 아니에요. 그러나 뭐라고 할까요? 알 것 같으면서도 알 수 없는 병이에요."

"수수께끼 같은 말씀이군요."

창백한 목사는 창밖을 내다보며 말했다.

"솔직히 한 가지 묻겠는데 혹 실례가 된다면 용서하기 바랍니다. 친구로서, 하느님의 뜻을 받아 목사님의 생명과 건강을 맡은 사람으로서 묻겠어요. 목사님은 병의 증세를 숨기지 않고 나한테 다 말씀해 주셨습니까?"

"그게 무슨 말씀입니까? 어린아이 장난도 아닌데 의사를 청해 놓고 증세를 숨기다니요?"

"그럼, 모든 것을 다 말했다는 건가요? 그렇다고 해 둡시다. 그러나 말입니다."

로저 틸링워스는 번쩍이는 눈으로 목사를 바라보았다.

"외면적인 증세로는 병을 반밖에 모르기 쉬워요. 정신적인 것 때문에 병이 생기는 경우가 있거든요."

"무슨 말씀인지 모르겠군요. 그 이상은 물으실 것도, 더 얘기할 것도 없습니다."

목사는 조금 당황한 듯 의자에서 일어났다.

로저 틸링워스는 작달막하고 보기 흉한 몸으로 볼까지 창백해진 목사와 마주 서더니 말을 이었다.

"정신에 어떤 병이 생기면 금방 몸에 나타나지요. 의사가 봄의 병을 고쳐 주기 바라신다면 우선 영혼 속의 상처나 괴로움을 털어놓아야 해요. 그렇지 않으면 손쓸 도리가 없으니까요."

"그만두겠어요, 당신에겐. 아니, 이 세상의 의사에게는 거절하

겠어요."

목사는 격렬하게 외치며 이글거리는 눈을 부릅뜨고 로저 틸링워스를 노려보았다.

"당신에겐 싫습니다. 만일 내 병이 영혼의 병이라면 나는 영혼을 고쳐 줄 단 한 분의 의사에게 몸을 맡기겠어요. 고치시든 죽이시든 그분 마음이니까요. 그분이 옳다고 판단을 내린 일이라면 무엇이든지 따르겠어요. 당신은 도대체 누굽니까? 이 문제에 참견을 하다니! 죄로 괴로워하는 사람과 하느님 사이에 끼어들다니!"

목사는 미친 듯이 방을 뛰쳐나갔다.

야릇한 미소를 띠고 목사의 뒷모습을 바라보던 로저 틸링워스는 혼잣말로 중얼거렸다.

"차라리 잘된 일이야. 문제될 건 전혀 없어. 곧 화해하게 되겠지. 아마도 저 사람은 격렬한 감정에 사로잡히면 본심을 털어놓는 모양이야. 그렇다면 다른 일에도 똑같이 그런 행동을 했을 게 아닌가? 저 경건한 체하는 딤스데일 목사도 마음의 열정에 사로잡혀 한때 부당한 짓을 저지른 것일 게야."

두 사람 사이에 전과 같은 우정을 되살리는 것은 그리 어려운 일이 아니었다. 의사로서 당연한 충고를 했을 뿐인데 그렇게 심하게 물리치다니, 딤스데일 자신도 놀라지 않을 수 없었다. 후회를 한 목사는 곧 의사에게 사과했고 치료를 계속해 달라고 부탁했다.

로저 틸링워스는 이를 흔쾌히 받아들이고는 전보다 더 열심히 목사의 건강을 관리해 주었다. 그는 진찰을 마치고 목사의 방을 나올 때마다 입가에 까닭 모를 미소를 지었다.

"참 이상한 병이야. 좀 더 깊이 살펴볼 필요가 있는걸……. 정신과 육체 사이에 기묘한 연결이 있어. 의학의 발전을 위해서도 이 병은 철저히 조사해 봐야겠어."

의사는 혼자서 중얼거렸다.

그 일이 있은 지 얼마 안 되어 딤스데일 목사는 책을 읽다 자기도 모르게 깊은 잠에 빠졌다. 목사는 늘 나뭇가지 위를 뛰어다니는 작은 새처럼 금방 놀라 도망칠 것 같은 선잠을 자는 편이었다. 그런데 어찌 된 일인지 그날은 로저 틸링워스가 들어온 줄도 모르고 깊은 잠에 빠져 있었다.

의사는 곧장 여태까지 환자가 보인 일이 없는 앞가슴의 옷을 풀어 젖혔다. 이때 딤스데일 목사가 몸을 떨며 움직였다.

틸링워스는 잠깐 동안 숨을 죽이고 서 있다가 방을 나갔다. 방문을 나서는 순간 의사의 표정은 기쁨으로 거칠게 일그러졌다.

미친 듯이 기뻐 날뛰는 모습은 말로 표현할 수 없을 정도였다. 천장을 향해 팔을 휘두르기도 하고 발로 마룻바닥을 구르기도 했다. 아마 누군가 이 모습을 보았다면 천국에서 쫓겨나 지옥으로 끌려가는 악마의 표정이라고 말했을 것이다. 그의 그런 행동 속에는 놀라움과 호기심이 뒤섞여 있었다.

마음속의 비밀

　그 일이 있은 뒤에도 목사와 의사의 관계는 아무런 변함이 없었다. 그러나 이 불행한 노인은 마음속으로 강렬한 복수를 생각하고 있었다. 노인이 생각한 최상의 복수는 목사의 친구가 되는 것이었다. 노인은 목사가 공포, 양심의 가책, 쓸데없는 후회, 물리쳐도 되돌아오는 생각들을 자신에게 모조리 털어놓을 수 있도록 만들고자 했다. 그래서 감추고 있던 죄를 자기 앞에서 고백하게 하려는 생각이었다. 그러나 이 계획은 목사의 소극적이고 민감한 태도 때문에 잘 진행되지 않았다.

　그러나 로저 틸링워스는 불만을 갖지 않았다. 그는 이미 목사를 마음대로 조종할 수 있었다. 목사는 고문대에 서 있는 셈이었고, 의사는 고문대를 조종하는 손잡이가 어디 있는지 너무도 잘 알고 있었다.

목사는 어떤 사악한 힘이 자기를 노리고 있다는 것을 막연하게 나마 느끼고 있었다. 그러나 모든 것이 완벽하리만큼 교묘한 수법으로 행해졌기 때문에 그 이상한 힘의 정체는 확실히 알 수 없었다. 목사가 노의사를 의심과 두려움으로, 때로는 혐오와 심한 증오로 바라본 것은 사실이다. 그의 몸짓, 걸음걸이, 반백의 턱수염, 사소한 행동, 심지어 걸치고 있는 옷의 모양까지도 목사의 눈에는 거슬렸다. 목사는 자신도 깨닫지 못할 정도로 의사에 대해 깊은 반감을 품고 있었지만, 나쁜 감정을 뿌리 뽑으려고 온 힘을 다했다.

이처럼 몸은 병에 시달리고 영혼은 암담한 고뇌에 들볶이면서도 딤스데일 목사는 빛나는 명성을 얻었다. 아니, 명성의 태반은 슬픔에 의해서 얻어진 것이었다. 무거운 짐이 가로막지 않았다면 목사는 이미 거룩한 산봉우리에 도달했을 것이다. 그러나 무거운 짐을 지고 비틀대며 걸어야 하는 것은 그의 운명이었다. 그것은 목사를 가장 낮은 수준의 사람들이 있는 곳까지 끌어내렸다. 그리고 죄를 범한 형제들에게 친밀한 동정심이 우러나도록 했다.

목사는 죄지은 형제들과 하나가 되었으며 죄인의 고통을 자기 것으로 받아들였다. 그리고 슬프고도 설득력 있는 설교를 통해 자신의 고민을 무수한 사람들의 가슴속에 전달했다. 호소력 짙은 그의 설교는 때로 두려울 정도였다.

사람들은 이렇게까지 자신들을 감동시키는 힘이 어디에서 나오는지 이해할 수 없었다. 그들은 이 젊은 목사야말로 성스러운 기적의 열매일 것이라고 생각했다. 그리고 지혜와 꾸짖음과 사랑이 담긴 하느님의 말씀을 진정으로 대변하는 사람이라고 생각했다. 사람들에게는 목사가 밟는 땅조차도 신성한 것이었다. 나이 많은 신자들은 그가 먼저 천국에 가리라 믿었는지, 죽거든 뼈를 목사의 신성한 무덤 가까이 묻어 달라고 유언하기도 했다.

그러나 대중들이 존경을 바칠수록 목사의 고뇌도 커져만 갔다. 어떤 때는 설교단 위에서 목청을 돋우어 자기의 본성을 고백하고 싶었다.

"지금 여러분이 보고 계시는 검은 목사 옷을 몸에 걸친 나는, 여러분을 대신하여 하느님과 영적인 교통을 하는 나는, 여러분이 일상 생활에서도 신성하리라고 생각하시는 나는, 여러분의 자녀에게 세례를 베풀고 여러분의 친구들이 임종할 때 작별의 기도를 올리는 나는, 사실은 허위와 위선으로 가득 찬 타락한 인간에 지나지 않습니다."

이런 고백을 하기 전에는 결코 내려오지 않으리라고 결심을 하고 설교단에 오른 때가 한두 번이 아니었다. 아니 백 번도 더 입 밖에 내어 말했다. 자기는 비열한 사람 중에서도 가장 비열하고 상상조차 할 수 없는 악의 화신이라고, 하느님의 불 같은 노여움을 입어 그 자리에서 불타 버리지 않는 것이 이상할 정도라고.

그러면 사람들은 일제히 의자를 차고 일어나 설교단을 더럽힌 자를 끌어내려야 하지 않을까? 그러나 그런 일은 결코 일어나지 않았다. 오히려 그럴수록 목사를 존경할 뿐이었다. 목사의 자책 속에 얼마나 무서운 뜻이 들어 있는지 사람들은 전혀 짐작하지 못했다.

"나이도 젊은데 하느님 같으신 분이다."

"땅 위의 성자시다."

"목사님같이 순결한 영혼도 그런 죄악을 인정하는데 우리 영혼 속에는 얼마나 큰 죄악들이 꿈틀대고 있을까?"

목사는 죄지은 마음을 폭로함으로써 스스로를 위로하려고 했지만 조금도 위안을 받을 수 없었다. 그는 분명 진실을 말했건만 그럴싸한 거짓으로 바꾸어 놓은 셈이 되었다.

사실 그는 누구보다도 진실을 사랑하고 거짓을 미워하는 사람이었다. 그렇기에 자신의 모습이 더욱더 혐오스럽게 느껴졌다.

꼭 잠가 놓은 딤스데일 목사의 비밀 장롱 속에는 피 묻은 채찍이 있었다. 목사는 때때로 이 채찍으로 자신의 어깨를 때리며 쓰디쓴 웃음을 지었다. 신앙심이 깊은 많은 청교도들과 마찬가지로 단식을 하는 것도 목사의 습관이었다. 그것은 무릎의 힘이 빠져나갈 때까지 행하는 엄격한 고행이었다.

목사는 또 거의 매일 캄캄한 어둠 속이나 희미한 램프 아래서 철야 기도를 올렸다. 때로는 강렬한 불빛 아래서 거울 속의 자신을 들여다보며 밤을 새우기도 했다.

이런 끊임없는 자기 반성은 육체를 괴롭힐지언정 죄를 깨끗이 할 수는 없었다. 밤을 새워 기도하니 머리는 자주 몽롱했고 갖가지 환영이 눈앞에 어른거렸다. 환영들은 어두컴컴한 방 한구석에 희미하게 나타나기도 했고 거울에 비쳐 선명하게 보일 때도 있었다. 악마나 천사, 아버지나 어머니의 모습이 되기도 했다. 어떤 때는 헤스터 프린이 주홍색 옷을 입은 펄의 손목을 잡고 살며시 지나가기도 했다.

그녀는 먼저 자기 가슴에 있는 주홍 글씨를 손가락질하고 다음에는 목사의 가슴을 가리켰다.

불길한 환영들이 잇따라 나타나던 어느 날 밤, 목사는 의자에서 벌떡 일어났다. 그는 예배에 참석할 때와 같이 단정한 옷차림을 하고, 발소리를 죽여 밖으로 나갔다.

목사는 몽유병 환자처럼 비척거리다 헤스터 프린이 처음으로 대중 앞에 모습을 드러냈던 치욕의 장소에 도착했다. 처벌대는 7년이란 긴 세월 동안 비바람과 쏟아지는 햇볕에 시달리고, 무수하게 올라섰던 죄인들에게 밟혀 닳고 닳은 모습이었다. 하지만 여전히 예배당 발코니 밑에 옛 모습 그대로 자리하고 있었다.

목사는 천천히 계단을 올라갔다. 5월 초순의 어두운 밤이었다.

먹장 같은 검은 구름이 하늘과 땅 위를 뒤덮었고 거리는 모두 잠들어 남의 눈에 띌 염려는 없었다.

새벽녘 동이 훤히 틀 때까지 있다 하더라도 문제될 것은 전혀 없었다. 다만 습하고 차가운 밤 공기가 목사의 몸속으로 스며들어 관절염을 자극하든가, 감기와 기침으로 목이 막혀 다음날의 예배와 설교에 지장을 줄 뿐이었다.

목사를 이곳으로 인도한 것은 어딜 가나 그를 따라다니는 '양심의 가책'이었다.

이 가책 때문에 고백하기 직전까지 간 때가 여러 번이었다. 하지만 그럴 때마다 '양심의 가책'의 가까운 친구인 '겁쟁이'가 떨리는 힘으로 그를 끌어당겼다.

이렇게 마음 약한 사람이 어떻게 죄악이란 짐을 질 수 있을까? 죄란 무쇠같이 강한 정신을 지닌 사람만이 저지를 수 있는 것이다. 그런 사람들이라면 죄의 무게를 참아 내든가, 너무 무겁게 느낄 때는 용기를 내어 내동댕이쳐 버릴 수 있다. 그러나 나약하고 감수성이 예민한 목사는 그 어느 것도 행할 힘이 없었다. 이것저것 시도해 보았으나, 결국 하늘에 반항하는 죄와 그것에 대한 고민, 아무 소용 없는 후회가 한데 엮어져 풀 수 없는 매듭이 될 뿐이었다. 이처럼 부질없이 속죄를 하려고 애쓰면서 처벌대 위에 서 있는 동안, 목사는 마치 온 우주가 자기 가슴 한가운데 있는 주홍색 표시를 들여다보고 있는 듯한 공포에 휩싸였다.

목사는 큰 소리로 고함을 쳤다. 고함 소리는 밤의 어둠을 꿰뚫고 퍼져 집집마다 메아리치고는 다시 산울림이 되어 돌아왔다.

"이제 됐어."

목사는 중얼거리며 두 손으로 얼굴을 가렸다.

"사람들이 잠을 깨고 달려나올 거야. 그러곤 여기 있는 나를 발견하겠지."

그러나 그런 일은 일어나지 않았다. 고함 소리는 겁에 질린 목사가 생각한 것처럼 그렇게 큰 것이 아니었다. 거리는 잠을 깨지 않았다. 깨었다 하더라도 꿈속의 소리로 잘못 들었든가 마녀들의 소리로 착각했을 것이다. 그 무렵에는 마녀들이 악마와 함께 호젓한 오두막 위를 날아가며 중얼대는 소리가 들린다는 말이 돌았기 때문이었다.

좀 떨어진 곳에 있는 베링검 총독의 저택 창문에, 등불을 손에 들고 머리에는 흰 모자를 쓴 총독이 보였다. 길고 흰 가운을 걸친 모습은 한밤중 무덤에서 나온 유령 같았다.

분명 고함 소리에 잠을 깬 모양이었다. 다른 창문에는 총독의 누이동생인 히빈스 부인의 모습이 보였다. 상당히 멀리 떨어져 있는데도 기분 나쁜 듯 찡그린 얼굴이 선명했다. 부인은 격자 창문으로 고개를 내밀고 불안한 듯 하늘을 올려다보았다.

총독은 별다른 일이 없다는 걸 알자 창문에서 멀어졌다. 목사는 약간 진정이 되었다.

잠시 후 멀리서 가물거리는 등불 하나가 그를 향해 점점 다가 왔다. 불빛이 가까이 다가오자 그가 아버지나 다름없이 존경하 는 윌슨 목사의 모습이 드러났다. 아마 죽어 가는 사람 옆에서 기 도를 드리고 돌아오는 모양이었다. 한 손은 설교용 가운을 감싸 쥐고 또 한 손에는 등불을 든 채 윌슨 목사는 처벌대 옆을 지나갔 다. 딤스데일 목사는 말을 걸고 싶은 충동을 참지 못했다.

"안녕하십니까, 윌슨 목사님? 이리 올라오셔서 저와 즐거운 시 간을 보내지 않으시렵니까?"

웬일일까? 한순간 그는 실제로 그 말을 했다고 믿었다.

윌슨 목사는 조심스럽게 진흙길을 들여다보면서 발을 옮겨 디 딜 뿐 한 번도 처벌대 쪽을 쳐다보지 않았다.

가물거리는 램프 불빛이 완전히 사라지자 목사는 갑자기 현기 증을 느끼며 지금 이 순간 단 몇 분이 참으로 아슬아슬한 위기였 다는 것을 깨달았다.

'아침이 올 때까지 여전히 이 자리에 서 있다면 어떻게 될까?'

그렇다면 이곳에 사는 모든 사람들이 몰려와 놀라움과 공포에 질린 얼굴로 처벌대를 올려다볼 것이다. 그러고는 붉은 햇살을 받으며 얼어 죽기 직전의 모습으로 처벌대 위에 서 있는 자신을 안타까이 바라볼 것이다.

이 기괴하고도 처참한 광경을 그려 보고 목사는 자기도 모르게 큰 소리로 껄껄 웃었다. 그런데 순간 목사의 웃음소리에 대꾸라도 하듯 아주 경쾌하고 간드러진 어린아이의 웃음소리가 들려왔다. 그게 펄의 소리라는 것을 안 목사는 가슴이 짜릿해 왔다. 고통인지 기쁨인지는 알 수 없었다.

　"펄! 펄이지?"

　목사는 외치고 나서 곧 조그맣게 말했다.

　"헤스터, 헤스터 프린! 당신도 있는 거지?"

　"네, 헤스터 프린이에요."

　화들짝 놀란 듯한 대답이었다.

　"네, 저하고 펄이에요."

　"어딜 갔었소, 헤스터? 왜 여길 왔소?"

　"임종하신 분 곁에 있었어요. 윈스럽 총독이 돌아가셔서 수의 치수를 재 가지고 집으로 돌아가는 길이에요."

　"이리 와요, 헤스터. 펄을 데리고. 당신과 펄이 여기 섰을 때 난 함께 서지 못했소. 다시 한 번 올라와요, 셋이 서 봅시다."

　헤스터 프린은 펄의 손을 잡고 말없이 계단을 올라왔다. 목사는 아이의 다른 손을 더듬어 잡았다. 그 순간 또 하나의 생명이 세차게 가슴속으로 흘러들어 핏줄을 따라 돌았다. 모녀의 따뜻한 생기가 전달되자 멈추었던 생명이 다시 운동을 시작하는 것 같았다.

"목사님."

"왜 그러니, 펄?"

"내일 낮에 엄마랑 나랑 같이 여기 서 주실래요?"

"그건 안 돼."

순간 대중 앞에 모든 것이 폭로된다는 공포심이 새삼스레 엄습했다. 셋이 함께 하게 된 것이 기쁘면서도 두려웠다.

"그건 안 돼, 펄. 내일은 안 되지만 언젠가는 반드시 그렇게 해 줄게."

펄은 웃으면서 잡힌 손을 뿌리치려 했다.

그러나 목사는 꼭 잡은 펄의 손을 놓지 않았다.

"잠깐만 더 이대로 있자, 착하지?"

"그럼, 내일 낮에 내 손이랑 엄마 손을 잡아 주겠다고 약속해 주세요."

"내일 낮엔 안 돼, 펄. 다른 날 꼭 잡아 줄게."

"그게 언제예요?"

아이는 끈질기게 물었다.

"위대한 최후의 심판날이야. 그날 심판을 받는 자리에선 우리

셋이 함께 서야 한단다. 하지만 이 세상에 빛이 있는 동안에는 셋이 함께 만날 수 없어."

펄은 또 웃었다.

그때였다. 검은 구름층을 뚫고 불타는 유성이 나타났다. 한 줄기의 빛이 드넓게 하늘을 비췄다. 빛은 너무도 강렬했다. 헤스터 프린의 주홍 글씨가 빛났다. 목사는 가슴에 손을 얹었다. 대낮처럼 밝은 광채 속에 세 사람은 나란히 서 있었다.

이 무렵에는 자연 현상을 초자연적인 계시라고 여기는 일이 많았다. 사람들은 불붙은 창이나 불타는 칼, 활이나 화살통 등이 밤 하늘에 나타나면 인디언과의 전쟁이 일어날 징조라고 생각했다. 진홍색의 불빛이 비 오듯 하면 역병이 유행할 징조였다.

목사는 하늘에서 붉은 선으로 커다랗게 그려진 에이(A) 자를 발견했다.

목사가 하늘을 올려다보는 동안 펄은 처벌대에서 얼마 떨어지지 않은 곳에 서 있는 로저 틸링워스 노인을 손가락으로 가리켰다. 유성과 함께 모든 것이 한꺼번에 사라져 버린 뒤였다.

"헤스터, 저 사람은 누구요?"

딤스데일 목사가 공포에 질려 물었다.

"저 사람만 보면 소름이 끼친다오. 헤스터는 저 사람을 아시

오? 헤스터, 나는 저 사람이 싫소."

헤스터는 로저 틸링워스와의 약속을 떠올리며 잠자코 있었다.

"저 사람을 보면 내 혼이 떨려. 저 사람은 누구요? 어떻게 좀
해 줄 수 없소? 왜 그런지 난 저 사람이 두렵소."

"목사님, 난 저 사람이 누군지 알아요."

펄이 말했다.

"말해 다오, 빨리. 될 수 있는 한 작은 소리로."

목사는 자기 귀를 어린아이의 입에 갖다 댔다.

펄이 소곤거렸다. 그러나 아이들이 곧잘 뜻 모를 소리를 지껄
이는 것처럼 알아들을 수 없는 말이었다.

"나를 조롱하는 거니?"

"목사님은 겁쟁이, 거짓말쟁이야. 내일 낮에 우리 손을 잡아 준
다는 약속도 못 하고."

요정 같은 펄이 큰 소리로 웃기 시작했다.

그때 처벌대 밑으로 다가온 의사가 말했다.

"목사님! 역시 목사님이셨군요. 우리 학자들은 머리가 늘 책에
만 팔려 있으니까 착실한 보호를 받을 필요가 있어요. 눈을 뻔히
뜨고도 꿈을 꾸고, 잠을 자면서도 걸어다니기 일쑤거든요. 자,
제가 댁까지 모셔다 드리죠."

"내가 여기 있는 줄 어떻게 아셨나요?"

목사는 몸을 떨면서 물었다.

"사실은 아무것도 몰랐어요. 오늘 밤에는 줄곧 윈스럽 총독 각하 댁에 있었으니까요. 그분이 천당에 가셔서 나도 집으로 돌아가던 길인데 이상한 광채가 비친 거지요. 갑시다. 지금 안 가시면 내일 주일 예배에 지장이 있을 겁니다. 목사님의 머리를 괴롭히는 공부는 그만 좀 하시고 휴식을 취하시는 게 좋을 것 같아요. 그렇지 않으면 이렇게 밤중에 나다니는 게 버릇이 된답니다."

"함께 집으로 가지요."

목사는 악몽에서 깨어난 사람처럼 완전히 기력을 잃고 축 늘어진 채 끌려갔다.

다음날은 안식일이었다. 목사는 여느 때와 마찬가지로 설교를 했다. 지금까지 목사의 입에서 흘러나온 설교 가운데 가장 내용이 풍부하고 박력 있고 영감 넘치는 설교였다.

소문에 의하면 많은 사람들이 진리를 깨달았으며 평생토록 목사에게 감사의 마음을 바치겠노라고 맹세했다고 한다.

목사가 설교단을 내려오자 수염을 하얗게 기른 교회당지기가 검은 장갑 한짝을 내밀었다. 목사의 장갑이었다.

"오늘 아침에 죄인들이 올라가 창피를 당하는 처벌대 위에서 발견했어요. 사탄이 목사님한테 무엄한 장난을 치려던 것이 분명해요. 언제나 그렇듯이 사탄이 바보짓을 했지요. 깨끗한 손이야 장갑으로 가릴 필요가 있나요?"

"고맙소. 정말 내 장갑처럼 보이는군요."

침착하게 대답했으나 목사는 내심 뜨끔했다. 지난 밤의 일이 모두 꿈이나 환상처럼 여겨졌다.

"사탄이 장갑을 훔치려고 했으니 앞으로는 장갑을 벗고 다니셔야겠어요."

늙은 교회당지기는 근심스러운 얼굴로 말했다.

"그런데 목사님, 어젯밤에 있었던 일에 대해 들으셨어요? 하늘에 커다란 주홍 글씨가 나타났다더군요. A(에이) 자래요. 모두들 '천사(Angel)'라는 말의 머리글자 A(에이)라고 생각하고 있어요. 훌륭한 윈스럽 총독님이 어젯밤 천사가 되셨을 테니 그만한 징표는 있음직하지 않아요?"

목사는 대답했다.

"아, 그래요? 처음 듣는 이야기군요."

헤스터의 또 다른 모습

얼마 전 기묘한 상황에서 딤스데일 목사를 만났던 헤스터 프린은 목사의 상태를 보고 깜짝 놀랐다. 목사의 몸과 마음은 극도로 지친 듯했고 그의 정신력은 아이들보다도 더 약한 것 같았다.

헤스터는 목사가 양심의 가책 말고 어떤 무서운 음모에 시달리고 있다는 것을 알았다. 자기를 지켜 달라고 애원하면서 부들부들 떨던 가엾은 모습을 보고 헤스터는 목사에 대한 책임을 깨달았다.

그녀와 목사 사이에는 끊을래야 끊을 수 없는 죄악의 고리가 있었다. 한편 헤스터의 처지는 이제 7년 전처럼 치욕스런 상황이 아니었다. 펄도 어느덧 일곱 살이 되었다.

이기심이 없는 한 미움보다는 사랑하는 마음이 빨리 우러난다. 미워하는 마음은 새로운 자극을 받지 않는 한 여유 있고 조용한 감정으로 바뀌게 마련이다. 헤스터는 남과 다투는 일이 없었고 아무리 심한 처사에도 불평 없이 순종했다. 사회에 고통의 대가를 요구하지도 않았고 동정을 강요하는 일도 없었다. 또한 나쁜 소문 없이 순결한 생활을 해 왔다.

사람들의 기준에서 보자면 아무것도 잃을 것이 없는데다, 무엇을 얻고자 하는 희망이나 꿈도 없었다. 그러므로 이 불쌍한 목사를 올바른 길로 인도하는 것은 순수한 열의라고 생각할 수밖에 없을 것이었다.

그동안 헤스터는 곤궁한 처지이면서도 자기 것을 쪼개어 가난한 사람들에게 나누어 주곤 했다. 그러나 그들 가운데 일부는 맛있는 음식이나 왕비 옷에 수를 놓을 만한 솜씨로 만든 옷가지를 받으면서도 악담을 퍼붓기 일쑤였다.

이 거리에 무서운 질병이 돌았을 때도 헤스터만큼 헌신적으로 일한 사람은 없었다. 헤스터는 늘 도움 줄 대상을 찾아다녔다. 걱정스러운 일로 침울한 집을 찾아갈 때는 손님이라기보다 가족의 한 사람으로 행동했다. 죄의 표시였던 주홍 글씨가 여기서는 병자의 방을 비쳐 주는 촛불이 되었다.

병자가 숨을 거두려 할 때는 저승까지 발 디딜 곳을 비춰 주는 등불이 돼 주었다.

위급할 때일수록 헤스터의 따스한 마음씨는 빛을 발했다. 헤스터는 마치 어떠한 큰 요구도 받아 줄 수 있는 인정 많은 샘물 같았다. 헤스터는 '자선을 베푸는 수녀' 노릇을 했다.

헤스터가 얼마나 열심히 일하고 따뜻한 동정심을 베풀었던지 사람들은 주홍 글씨의 A(에이)자를 '유능하다(Able)'라는 말의 머리 글자 A(에이)라고 말했다. 헤스터 프린의 힘은 이 정도로 강했다.

그녀가 드나드는 집은 근심 걱정이 가득한, 햇빛이 들지 않는 곳들뿐이었다. 그러나 근심이 사라지고 햇빛이 찾아들게 되면 헤스터는 모습을 감추었다.

도움을 받은 사람들이 감사의 표시를 하려 해도 결코 뒤돌아보는 일이 없었다. 거리에서 마주치는 일이 있어도 인사조차 나누지 않았다. 굳이 말을 걸려고 하면 주홍 글씨를 가리키며 지나쳐 버렸다.

그의 겸손한 행동은 사람들의 마음에 부드러운 기억을 남겼다. 몇몇 사람들은 헤스터 프린의 과거를 깨끗이 용서했다. 뿐만 아니라 주홍 글씨를 죄의 상징이 아니라 선행의 상징으로 보게 되었다.

"저기 A(에이) 자를 단 여자가 보이지요? 바로 우리 헤스터, 이 거리의 헤스터예요. 가난한 사람에겐 친절을, 병든 사람에겐 힘을, 괴로워하는 사람에겐 위안을 주는 헤스터랍니다."

사람들은 다른 고장에서 온 사람들에게 그렇게 말했다. 물론 사람에게는 남의 불행이라면 어떤 것이든간에 지껄이고 싶어하는 속되고 천박한 성질이 있다. 따라서 지나간 옛날의 추문을 속삭이는 사람도 있었다. 그러나 그런 이들조차도 막상 헤스터의 주홍 글씨를 보면 마치 수녀 가슴의 십자가를 보듯 겸허해졌다.

주홍 글씨는 일종의 신성함을 주었다. 그래서 어떤 위험 속에서도 꿋꿋하게 자신의 길을 갈 수 있게 했다.

언젠가 인디언이 그녀의 표식을 향해 화살을 쏘았으나 상처 하나 입히지 못하고 화살이 땅바닥에 떨어져 버렸다는 소문이 나돌았다. 많은 사람들은 이를 믿었다. 헤스터의 사회적 위치는 이토록 강력하고도 기묘한 것이었다.

세월이 흐르면서 그녀의 아름다웠던 자태도 조금씩 거칠어지

고 초라해졌다. 옷차림을 일부러 검소하게 한 탓도 있었다. 말할 수 없이 탐스럽던 머리카락은 모자 속에 완전히 감추어져 한 번도 햇빛에 드러난 적이 없었다.

만약 헤스터가 부드러운 마음씨만을 가지고 있었다면 살아 나가기 힘들었을 것이다. 살아 나가기 위해서는 부드러운 마음씨를 짓밟아 없애거나 아니면 가슴속 깊이 묻어 버려야 했다.

헤스터의 인상은 이제 대리석처럼 차 보였다. 그녀는 사회와 자신을 연결시켜 주던 모든 사슬을 끊어 버렸다. 세상의 법칙은 더 이상 헤스터에게 아무 소용이 없었다. 세상엔 오직 그녀 혼자뿐이었다.

사색은 사람을 침착하게 만드는 동시에 슬프게도 한다. 광장에서 밤을 새던 딤스데일 목사를 만난 뒤로 헤스터는 새로운 사색에 잠겼다. 어떠한 노력과 희생을 감수하고라도 이루어야 할 목적이 생기게 된 것이다.

그녀는 몸부림치고 있는, 아니 더 정확하게 말하면 더 이상 몸부림칠 기력조차 남아 있지 않은 듯 처참한 목사의 모습을 보았다. 고통을 덜어 주겠다고 나선 자의 손길에 독이 든 주삿바늘이 들려 있음은 의심할 여지가 없었다. 친구를 가장한 적이 늘 그의 곁에 붙어서 부서지기 쉬운 나사를 가지고 장난을 치고 있었다.

헤스터는 로저 틸링워스의 손에서 목사를 구해 내야겠다고 결심했다. 감옥에서 로저 틸링워스와 첫 대면을 하던 날엔 맞서 싸운다는 것을 감히 상상조차 할 수 없었다. 죄 때문에 가장 비천한 신분으로 전락해 있었고, 생생한 치욕으로 반미치광이가 되어 있었기 때문이었다.

지금 헤스터는 훨씬 높은 위치에 다다라 있었다. 반면 사악한 노인은 복수를 위해 스스로 비천한 인간이 되었다. 오랜 세월 속에서 시련을 겪는 동안 헤스터는 누구보다 강인해졌다. 이제 로저 틸링워스와 대항하지 못할 이유는 전혀 없었다.

기회는 얼마 지나지 않아 찾아왔다. 어느 날 오후 헤스터가 펄을 데리고 호젓한 바닷가 근처를 거닐 때였다. 한쪽 팔에 바구니를 걸치고 다른 쪽 손엔 지팡이를 짚은 노의사가 꾸부정한 모습으로 나무뿌리며 약초를 찾고 있었다.

헤스터는 펄에게 약초꾼과 얘기할 게 있으니 바닷가에 가서 놀고 오라고 일렀다. 새처럼 날아간 아이는 맨발로 물에 젖은 바닷가를 찰박거리며 돌아다녔다.

헤스터가 의사에게 다가가서 말을 건넸다.

"잠깐 할 말이 있어요."

"아니, 이게 누구신가? 이 늙은이에게 얘기를 하자는 분은 헤

스터가 아니신가?"

의사는 구부렸던 몸을 일으켰다.

"기꺼이 듣겠소. 참, 요즘 어딜 가나 당신에 대한 평판이 좋더
군. 당신은 운이 좋은 여자인 것 같아. 관리 양반들이 주홍 글씨
를 떼어 버리는 일을 의논했던 모양이오. 난 당장 그렇게 해도 괜

찮을 거라고 얘기했소.”

“이 표시는 그분들이 마음대로 뗄 수 있는 게 아니에요. 떼어도 좋을 때가 오면 저절로 떨어져 버리든가 아니면 다른 뜻을 나타내는 것으로 변하든가 하겠지요.”

“좋도록 하구려. 수가 화려해서 당신 가슴에 잘 어울리니 말이오. 여자들이란 장식품만은 자기 고집대로 한다니까.”

헤스터는 노인을 찬찬히 살펴보았다. 생각했던 것만큼 늙어 보이지는 않았다. 그러나 헤스터의 기억에 남아 있는, 조용하고 지적인 학자다운 옛 모습은 전혀 찾아볼 수 없었다. 그 대신 탐욕스럽고 경계하는 표정만이 남아 있었다.

이 불행한 노인은 7년이란 세월 동안 끊임없이 고뇌에 가득 찬 남자의 마음을 분석하며 희열을 느꼈다. 또한 그 사람이 가지고 있는 불 같은 고뇌에 기름을 끼얹는 데 온갖 노력을 기울였다. 그래서 이처럼 변한 모양이었다.

헤스터는 주홍 글씨가 가슴에서 불타는 것 같았다.

여기 또 한 사람이 파멸되어 가고 그 책임의 일부분이 자신에게 있음을 뼈저리게 느끼기 때문이었다.

“내 얼굴을 왜 그리 쳐다보오? 뭐가 묻었소?”

의사가 물었다.

"만약 내 눈에 눈물이 남아 있다면 울어도 시원치 않은 것이 보여요."

헤스터가 대답했다.

"하지만 그 얘기는 그만두기로 하죠. 내가 말하고 싶은 건 처참한 또 한 사람의 얘기니까요."

"그 사람이 어떻다는 거요? 헤스터, 솔직히 말해 나도 그 사람 생각을 하고 있던 참이오. 말하고 싶은 게 있으면 말해 보오. 대답해 줄 테니까."

그는 기다렸다는 듯이 물었다.

"7년 전, 당신은 나에게서 강제로 다짐을 받아 냈어요. 우리 두 사람의 관계를 어디에도 밝히지 말라는 다짐이었지요. 그땐 그분의 생명이나 명예가 당신 손에 달려 있었기에 입을 다물 수밖에 없었어요. 하지만 이제 더 이상 참을 수가 없네요. 당신은 지금 자나깨나 그분 곁에 붙어 그분을 죽음으로 몰아가고 있어요. 그런데도 그분은 아직 당신의 정체를 모르고 있고요. 당신과의 약속 때문에 신실한 분을 배신한 셈이에요. 다른 사람에 대한 의무는 일체 포기한 나지만 그분에 대한 의무만은 남아 있어요."

"당신은 그것 말고 어찌할 도리가 없었잖소? 내가 손가락 하나만 까딱하면 그 사람을 설교단에서 감옥으로, 감옥에서 교수대로 쫓아낼 수도 있었단 말이오.”

“차라리 그 편이 나았는지도 모르죠.”

“내가 그자한테 무슨 짓을 하기라도 했단 말이오? 이것만은 알아야 하오. 내 간호가 없었더라면 그자의 생명은 얼마 안 가 고뇌의 불길에 타 버리고 말았을 거요. 그자가 지금 숨을 쉬는 것도 땅 위를 기어다니는 것도 다 내 덕이란 말이오.”

의사의 말에 헤스터가 한탄하듯 대꾸했다.

“차라리 돌아가시는 편이 나았을 거예요.”

그러자 로저 틸링워스는 무시무시한 가슴속의 불꽃을 헤스터 앞에 내보이며 외쳤다.

“그렇소. 당신 말대로 단숨에 죽는 편이 나았을 것이오. 그 사람만큼 극심한 괴로움을 겪는 자는 이 세상에 없을 것이오. 더구나 원수가 보는 앞에서 말이오. 그자도 눈치를 채고는 있소. 누군가가 자기 곁을 늘 따라다니는 것을. 다만 그 주인공이 나라는 것은 알지 못하오. 자신이 악마에게 붙들렸다고 생각한 그자의 예감은 옳았소. 악마가 그의 코앞에 있으니까. 고통과 상처 때문에 결국은 악마가 되어 버린 남자가 말이오!”

의사는 두 손을 번쩍 쳐들었다. 마치 거울에 비친 괴물 같은 자기 모습을 보고 공포에 질린 듯한 표정이었다.

"그만하면 충분히 복수를 한 거 아닐까요? 당신에게 진 빚을 다 갚은 셈이 아닐까요?"

"천만의 말씀이오. 빚은 오히려 늘었소. 헤스터, 9년 전의 나를 기억하고 있소? 친절하고 성실하며 정직했던 나를 말이오."

의사는 잠시 숨을 고른 뒤 말을 계속했다.

"난 비록 정열적이라고 할 순 없으나 변함 없는 애정을 지녔던 사람이었소. 그렇지 않소?"

"당신은 그 이상이었어요."

"그런데 지금의 나는 도대체 뭐란 말이오?"

의사는 마음속의 모든 악을 얼굴에 드러내며 말했다.

"도대체 누가 나를 이런 악마로 만들었단 말이오?"

"그래요. 저 때문이에요. 저도 그분이나 다름없는 죄인인데 왜 저한텐 복수하지 않으셨어요?"

"당신은 그 주홍 글씨에 맡겨 두었던 거요."

노인은 주홍 글씨를 가리키며 빙긋이 웃었다.

"그럼, 분명히 복수를 하셨어요."

헤스터는 대답했다.

"그렇소. 내 판단에 잘못은 없었소. 그런데 그 사람에 대한 이야기란 뭐요?"

"이제 그 비밀을 밝혀야겠어요."

헤스터는 잘라 말했다.

"더 이상 모른 척할 수는 없어요. 당신 앞에 무릎을 꿇고서 자비를 구걸하고 싶지는 않아요. 그분에 대해선 마음대로 하세요. 그분이나, 저나, 당신이나 구원될 가망은 없으니까요. 펄도 마찬가지예요. 우리가 이 어두운 미로에서 빠져나갈 길은 없을 테니까요."

"당신을 가엾게 생각하지 않는 건 아니오."

로저 칠링워스는 갑자기 치밀어오르는 감동을 억제하지 못하는 듯 말했다. 그만큼 헤스터의 말에는 뭔가 숭고한 데가 있었기 때문이다.

"당신은 훌륭한 여자요. 나보다 더 좋은 남자를 만났더라면 이렇게 불행한 일은 겪지 않았을 텐데……. 당신이 불쌍하오. 나로 인해 하늘에서 내려 준 훌륭한 성품을 버렸으니 말이오."

"저도 당신이 가여워요. 현명하고 올바른 학자이던 당신이 증오심 때문에 이렇게 사악한 모습으로 변했으니까요. 이제라도 복수심을 버리고 인간답게 살아갈 순 없나요? 그분을 위해서라기보다 당신을 위해서 부탁하는 거예요. 복수는 제발 하느님께 맡겨 두시고 그만 그분을, 그리고 나를 용서하세요."

"그만하시오, 헤스터. 내게는 용서할 권리가 없소. 당신이 말하는 그런 힘이 내게는 없소. 당신이 첫발을 잘못 디딘 탓으로 악의 씨를 뿌려 놓은 것이오. 모든 게 다 운명이오. 검은 꽃이 피면 피는 대로 내버려 둘 수밖에 없소. 이제 가 봐요. 그 사람 일도 당신 마음대로 하구려."

의사는 손을 한 번 흔들더니 다시 약초를 캐기 시작했다.

숲속을 산책하며

헤스터와 헤어진 로저 틸링워스는 땅바닥을 기어가듯 허리를 구부린 채 멀어져 갔다. 뒷모습을 지켜보던 헤스터는 이른 봄의 보드라운 풀이 노인의 발에 밟혀 누렇게 타 죽고 파란 잔디밭에 그 발자국만 나타나는 게 아닌가 하는 생각이 들었다.

"죄받을 소리인지는 몰라도 저 사람이 밉구나."

헤스터는 중얼거렸다. 어떻게 저런 남자와 결혼할 마음이 생겼을까? 철부지이던 자신을 꾀어 곁에 있으면 행복하다고 믿게 만든 사람이었다.

"역시 미워할 수밖에 없어. 나를 속였어. 내가 그 사람한테 한 것보다 더 몹쓸 짓을 한 거야."

헤스터는 더 그게 되뇌었다.

노인이 시야에서 사라지고 난 뒤 헤스터는 아이를 불렀다.

"펄! 어딜 갔니, 펄?"

펄은 해초를 뜯어 모아 인어로 분장하고는, 미끈미끈한 수초를 긁어다 엄마 가슴에서 본 것과 같은 장식을 달았다. 주홍색이 아니라 싱싱한 초록색이었다. 아이는 턱을 가슴에 대고 자기 가슴에 단 글자를 물끄러미 내려다보았다.

'엄마한테 이 말의 뜻이 뭐냐고 물어볼까?'

마침 그때 엄마의 목소리가 들렸다. 펄은 어린 바다새처럼 가볍게 뛰어가서는 가슴에 단 장식을 가리켰다.

헤스터는 펄을 보며 입을 열었다.

"아이 가슴에 달린 녹색 글씨는 아무 뜻도 없단다. 펄, 넌 엄마가 달고 있는 이 글씨의 뜻을 아니?"

펄은 놀랄 만큼 조숙하고 예민한 아이였다. 그래서 엄마의 슬픔을 있는 대로 다 털어놓아도 거북하게 느끼지 않을 거라는 생각이 들었다.

"알아, 엄마. 알파벳 대문자 에이(A)야. 엄마가 책에서 가르쳐 줬잖아."

"왜 달고 있는지 알아?"

헤스터는 왈칵 확인해 보고 싶은 생각이 들었다.

"안다니까."

펄은 명랑한 표정으로 바라보며 대답했다.

"목사님이 가슴에 손을 얹고 다니는 거나 같은 이유지 뭐."

"그 이유가 뭐지?"

헤스터는 뚱딴지 같은 아이 말에 처음에는 웃었으나 다시 생각해 보고 얼굴빛이 달라졌다.

"이 글씨가 엄마 아닌 다른 이의 가슴하고 무슨 관계가 있단 말이야?"

"몰라, 엄마. 난 그것밖에 몰라. 엄마랑 이야기하던 저 할아버지한테 물어봐, 가르쳐 줄지도 모르잖아? 그런데 엄마, 그 주홍 글씨 뜻은 뭐야? 엄마는 왜 그걸 가슴에 달고 다녀? 목사님은 왜 가슴에 손을 얹고 다녀?"

펄의 말투는 심각했다. 펄은 엄마의 두 손을 잡으며 눈을 들여다보았다.

지금까지 헤스터는 모든 애정을 쏟아 펄을 키워 왔다. 그러나 4월에 부는 산들바람 이상의 애정은 기대하지 않았다. 4월의 바람은 변덕스럽다. 가볍고 상쾌하게 불다가도 갑자기 이해할 수 없는 정열적인 돌풍으로 변한다. 펄도 그랬다. 기분이 좋다가도 갑자기 발끈 성을 내고, 가슴에 끌어안아도 쌀쌀맞게 모르는 체한다. 그런가 하면 이유도 없이 볼에다 부드럽게 입맞춤을 하고, 머리를 만지작거리고, 꿈 같은 즐거움을 남겨 놓고는 딴청을 피우며 사라져 버린다.

펄은 자라면서 굽힐 줄 모르는 용기, 지기 싫어하는 강한 의지, 굳은 자존심, 거짓에 대한 맹렬한 경멸 같은 어엿한 자기 주장을 갖기 시작했다. 그리고 더 없이 풍부하고 향긋한 애정도 지니고 있다.

이렇게 훌륭한 성격을 고루 갖춘 아이가 장차 고귀한 여인으로 자라지 못한다면 아마 엄마한테서 물려받은 죄가 크기 때문일 거라고 헤스터는 생각했다.

"엄마, 그 글씨 뜻이 뭐야? 왜 그걸 가슴에 달고 있어? 왜 목사님은 가슴에 손을 얹어?"

펄은 같은 질문을 되풀이했다. 뭐라고 대답하면 좋을까? 헤스터는 생각했다. 그러나 그것만은 말할 수 없었다.

"세상에는 아이들이 물으면 안 되는 일이 많이 있단다. 목사님이 왜 그러시는지 엄마가 알 리가 있겠니? 엄마가 이걸 가슴에 달고 있는 건 금빛 실이 좋기 때문이야."

헤스터는 지난 7년 동안 가슴에 단 상징에 대해 단 한 번도 거짓말을 한 적이 없었다. 이 글자는 엄격하고 가혹한 것이었지만, 한편으론 헤스터의 수호 천사와 같은 역할을 하고 있었다. 헤스터는 지금 그것을 저버리고 말았다.

펄의 얼굴에 조금 전과 같은 진지한 표정은 이제 사라지고 없었다. 그러나 펄은 아직 궁금증을 포기하지 않았다.

그날 밤, 곤히 잠든 줄 알았던 펄이 검은 눈을 장난스레 반짝이며 물었다.

"엄마, 그 주홍 글씨의 뜻이 뭐야?"

다음날 아침, 잠을 깨자마자 베개에서 머리를 들면서 펄은 또다시 질문을 했다.

"엄마, 목사님은 왜 늘 가슴에 손을 얹고 계셔?"

엄마는 지금까지 보인 일이 없는 엄격한 말투로 대답했다.

"그만하지 못해? 자꾸 그러면 깜깜한 광 속에 가둘 테야!"

어쩌면 더 큰 고통과 맞닥뜨리거나 더 나쁜 결과를 불러올지도 모를 일이었다. 그러나 딤스데일 목사가 신뢰하고 있는 한 남자의 정체를 목사에게 알려 주어야겠다는 헤스터 프린의 결심에는 변함이 없었다.

목사가 바닷가나 근처 숲을 산책하는 습관이 있는 것을 아는 헤스터는 그를 만날 기회를 얻으려고 기다렸다. 그러나 며칠 동안 허탕을 치고 말았다. 설령 서재로 찾아간다 해도 나쁜 소문이 날 리는 없었다. 목사의 명성에 영향을 끼칠 염려도 없었다. 지금까지 많은 사람들이 죄를 고백하러 서재를 찾아가곤 했기 때문이었다. 그러나 노의사가 간섭하고 나서지나 않을까 걱정이 되었고 지레 의심받는 것도 두려웠다. 또 비좁은 서재보다 탁 트인 하늘 아래서 그를 만나고 싶다는 마음도 들었다.

    그러던 어느 날 병자의 집으로 간호를 하러 간 헤스터는, 목사가 인디언 개종자들과 함께 살고 있는 엘리어트 전도사를 만나러 갔다가 다음날 오후 돌아온다는 것을 알았다.

    이튿날 헤스터는 펄을 데리고 나섰다. 바닷가에서

숲이 있는 쪽으로 들어가니 오솔길이 나왔다. 길은 신비스러운 원시림 속으로 꼬불꼬불 휘어들고 양쪽에는 숲이 하늘을 가릴 정도로 빽빽이 들어차 있었다. 날씨는 쌀쌀하고 음산했다. 머리 위에는 잿빛 구름이 잔뜩 끼어 있었으나 바람은 살랑댔다.

"엄마, 해님은 엄마가 싫은가 봐. 엄마 가슴에 단 게 무서워서 도망쳐 숨어 버리나 봐. 저기 좀 봐, 저쪽에서 놀고 있잖아? 엄만 여기서 기다려. 내가 뛰어가서 잡아 볼게. 난 아이니까 도망치지 않을 거야. 난 아직 가슴에 아무것도 달지 않았거든."

"나중에라도 달아서는 안 돼."

헤스터가 말했다.

"왜 안 돼? 어른이 되면 자연히 달게 되는 거 아냐?"

펄은 뛰어가려다 말고 우뚝 멈춰 서 물었다.

"자, 빨리 가기나 해. 해님이 금방 없어지겠어."

펄은 재빨리 달려가 햇빛 가운데 서서 환하게 웃었다.

엄마가 다가갔다.

"햇빛이 도망간단 말야."

펄이 고개를 저었다.

"봐라. 엄마도 손을 뻗치면 조금은 잡을 수 있어."

헤스터가 손을 내밀자 햇빛은 사라졌다.

"이리 와. 숲속으로 들어가서 좀 쉬기로 하자."

"난 안 피곤해. 엄마, 얘기해 줘. 그럼, 그렇게 할게."

펄은 엄마 옷자락을 잡으며 숲속에 사는 악마 얘기를 해 달라고 졸랐다.

"무쇠 장식이 달린 커다랗고 무거운 책을 들고 다닌다는 악마 얘기……. 무서운 악마는 숲속에서 만나는 사람한테 책이랑 펜을 내밀고 자기 피로 이름을 쓰게 한대. 그러면 악마가 가슴에 표시를 달아 준대. 엄마는 악마를 만난 일이 있어?"

"누가 그런 얘기를 해 주었니?"

헤스터는 그 무렵에 유행하던 미신 이야기라는 것을 알면서도 물어보았다.

"엄마가 어젯밤 병 간호하러 간 집 있잖아? 난로 옆 구석에 앉았던 할머니가 해 줬어. 이 숲으로 악마를 만나러 와서 책에 이름을 쓰고 가슴에 표시를 단 사람은 몇천 명이나 된대. 히빈스 아주머니도 그 가운데 하나래. 할머니가 그러는데 주홍 글씨는 악마가 달아 준 표시래. 밤에 엄마가 숲에서 악마를 만날 때는 빨간 불꽃처럼 빛난다고 그러던걸? 엄마, 밤중에 악마 만나러 가?"

"네가 잠이 깼을 때 엄마가 없었던 적이 있니?"

"잘 모르겠어. 하지만 날 집에 두고 가는 게 걱정이 된다면 데리고 가도 돼. 얼른 따라갈게. 엄마, 정말 악마라는 게 있어? 엄마 만난 적이 있어? 이게 정말 그 표시야?"

"지금까지 꼭 한 번 악마를 만난 일이 있단다. 그래, 주홍 글씨가 그 표시야."

모녀는 얘기를 나누며 사람들 눈에 띄지 않을 만큼 깊은 곳까지 들어갔다. 그러곤 이끼가 수북하게 낀 바위 위에 걸터앉았다.

"시냇물아, 왜 그렇게 기운이 없니? 어째서 그렇게 슬프니? 기운을 내. 언제나 한숨을 쉬면서 중얼거리지 말고."

펄이 큰 소리로 말했다.

"엄마, 이 시냇물은 왜 슬퍼하는 거지?"

"너한테 슬픈 일이 있으면 시냇물이 가르쳐 줄 거야. 지금 엄마한테 가르쳐 주는 것처럼. 그런데 펄, 누군가 걸어오는 소리가 난다. 나뭇가지를 헤치는 소리도. 넌 저만큼 가서 놀고 있어. 엄만 저분하고 얘기 좀 할 테니."

"엄마, 그 사람 악마야?"

"저기 가서 놀라니까. 숲속으로 너무 들어가면 안 돼. 엄마가 부르면 곧 돌아올 수 있는 곳에 있어야 해."

"응, 하지만 그 사람이 악마라면 여기 있을래. 큰 책을 끼고 있나 봐야겠으니까."

"악마가 아냐. 벌써 나무 사이로 보이잖니? 목사님이셔."

"정말이네. 저것 봐, 가슴에 손을 얹고 계시잖아? 목사님이 악마의 책에 이름을 써서 가슴에 표시를 달았기 때문인가? 그런데 왜 엄마처럼 가슴 위에 달지 않으셨지?"

"자, 어서 가요. 나중에 다 들어 줄게. 멀리 가면 안 돼. 시냇물 소리가 들리는 곳에 있어야 한다."

아이는 노래를 부르면서 시냇물 쪽으로 걸어갔다.

헤스터는 숲으로 빠지는 오솔길 쪽으로 한두 발짝 걸어가다가 그대로 울창한 나무 그늘에 섰다.

　오솔길을 걸어오는 목사가 보였다. 그는 혼자였고 나무로 만든 지팡이에 몸을 의지하고 있었다. 그의 모습은 몹시 초췌했으며 걷는 것조차 힘겨워 보였다. 보스턴 거리를 걸을 때나 남의 눈에 띌 걱정이 있는 곳에서는 절대로 볼 수 없었던 모습이었다. 목사는 펄이 말한 것처럼 가슴에 손을 얹고 있었다.

헤스터의 고백

헤스터는 목사가 자기 앞을 거의 지나쳐 갈 때까지도 그를 부를 수 없었다. 간신히 용기를 낸 헤스터가 입을 열었다.

"아서 딤스데일! 아서 딤스데일!"

"누구십니까?"

목사는 재빨리 정신을 가다듬고 자세를 바로잡았다. 나무 그늘 밑에 누군가가 서 있는 모습이 보였다.

침침한 옷차림에다 흐린 하늘과 무성한 나뭇잎 때문에 사람인지 그림자인지 잘 알 수 없었다. 목사는 한 발짝 더 다가섰다. 주홍 글씨가 보였다.

"헤스터, 당신이오? 헤스터 프린? 살아 있는 당신이오?"

"그럼요, 살아 있고말고요. 지난 7년 동안 살아 있었던 것처럼요. 당신이야말로 살아 계신 건가요?"

이렇게 묻는 것도 무리는 아니었다. 으슥한 숲에서의 만남은 참으로 기이한 것이었다. 마치 이승에서 친밀하게 지내던 두 영혼이 저승에서 처음 만나는 것 같았다.

서로가 낯설고 어색하며 두려웠다. 둘 다 망령이면서 상대편 망령을 보고 겁을 집어먹는 셈이었다. 게다가 두 사람은 자신들에 대해서도 겁을 먹고 있었다. 이 절박한 만남이 과거의 경험을 생생하게 되살려 주었기 때문이다.

아서 딤스데일은 두려움에 떨면서 차디찬 손을 내밀었다. 그리고는 헤스터 프린의 싸늘한 손을 잡았다. 손을 맞잡음으로써 처음 만난 순간의 어색함은 사라졌다. 적어도 같은 세계에 살고 있는 사람이라는 기분이 든 것이다.

두 사람은 한 마디 말도 없이 헤스터가 모습을 나타냈던 숲속 나무 그늘로 걸어갔다. 그러곤 이끼 낀 바위 위에 걸터앉았다. 잠시 뒤 목사는 헤스터의 눈을 들여다보며 말했다.

"헤스터, 당신은 마음의 평화를 찾았소?"

헤스터는 자신의 가슴을 내려다보며 쓸쓸히 웃었다.

"당신은 어떠세요?"

"어림없는 일이오. 절망뿐이오. 내가 무신론자거나 양심이 없는 인간이거나 거칠고 동물적인 본능으로 살아가는 야비한 인간이었다면 벌써 오래전에 마음의 안정을 찾았을 것이오. 아니 안정을 잃는 일도 없었겠지. 그런데 당신도 알다시피 난 그런 인간이 못 되오. 아, 헤스터, 이 세상에 나만큼 비참한 사람은 없는 것 같소."

"이곳 사람들은 당신을 존경하고 있어요. 당신도 당신의 일을 훌륭하게 수행하고 있잖아요. 그런데도 안정을 얻을 수 없던가요?"

"그래서 더욱 비참하오. 차라리 경멸과 증오를 퍼부어 주었으면 좋겠소. 겉과 속이 딴판인 내 모습에 웃음이 났소. 그것을 본 악마도 비웃고 있다오."

"당신은 자신을 너무 학대하고 있군요. 이미 뼈저리게 뉘우치지 않으셨나요? 당신 죄는 벌써 오래전에 없어졌고 이미 지난 일이 됐어요. 현재 당신의 삶은 남들이 보는 것처럼 매우 신성한 거예요."

"그게 아니오, 헤스터. 그동안 고행은 많이 해 왔지만 진정한 회개는 한 번도 한 일이 없소. 만일 그랬다면 이미 오래전에 목사옷을 벗어 던지고 사람들 앞에 내 모습 그대로를 드러냈어야 하오. 헤스터, 당신은 행복한 사람이오. 가슴에 떳떳하게 주홍 글씨를 달고 있으니 말이오. 내 주홍 글씨는 남모르게 불타고 있소. 난 지난 7년 동안 거짓된 삶의 고통에 시달려 왔소. 이렇게 당신과 마주하는 게 얼마나 큰 위안이 되는지 당신은 아마 모를 거요. 나에게 친구라도 있었으면 좋겠소. 아니, 지독한 원수라도 좋소. 사람들이 칭찬할 때마다 찾아가서 내가 얼마나 비열한 죄인인가를 털어놓을 상대만 있다면 내 영혼은 살아갈 만할 것이오. 그 정도의 진실만으로도 나는 구원될 수 있을 것이오. 그러나 지금은 모든 것이 거짓이오. 모든 것이 텅 빈, 죽음뿐이오."

헤스터는 불안한 마음을 억누르며 입을 열었다.

"당신이 바라는 친구, 당신의 죄를 놓고 함께 울어 줄 수 있는 친구로 나를 선택하면 되겠군요. 그리고……."

헤스터는 용기를 내어 말을 이었다.

"당신이 말하는 지독한 원수도 당신 곁에 있습니다. 이미 오래 전부터 당신과 한 지붕 아래서 살고 있지요."

"아니 그게 무슨 소리요? 원수라니? 더구나 한 지붕이라니?"

목사는 숨을 몰아쉬며 벌떡 일어서더니 마치 심장이라도 후벼 낼 듯 가슴을 쥐어뜯었다.

헤스터는 비로소 이 불행한 사람에 대한 자신의 책임을 깊이 느꼈다. 악한 뜻을 지닌 사람에게 목사를 내맡겨 이처럼 깊은 상처를 입힌 것은 순전히 자신의 책임이었다.

헤스터는 이 순간 로저 틸링워스의 계획을 더욱 분명히 이해할 수 있었다. 그는 언제나 목사 곁을 맴돌며 악의에 찬 비밀의 독을 뿌려 댔다. 그 때문에 가뜩이나 고뇌에 찬 목사의 양심은 늘 흥분 상태에 놓였고, 지독한 마음의 병으로 고통받고 있었다. 의사는 병을 고치기는커녕 오히려 정신을 파멸로 몰아넣은 것이다.

헤스터는 전에 사랑했던, 아니 지금도 뜨겁게 사랑하고 있는 한 사람을 자신이 무너뜨렸다는 생각에 마음이 찢어질 것 같았다. 지금 고백하느니 차라리 그의 발 밑에 쓰러져 죽고 싶은 심정이었다.

"오! 아서, 나를 용서해 줘요. 목숨이 끊어지는 일이 있어도 진실은 밝혀야 했어요. 내 잘못이에요. 그 노인, 로저 틸링워스라는 그 남자는 바로 내 남편이었어요."

한동안 목사는 무서운 눈으로 헤스터를 쏘아보았다. 이토록 험악하고 분노에 찬 얼굴은 본 적이 없었다.

목사는 땅바닥에 힘없이 쓰러져 두 손으로 얼굴을 가렸다.

"알 만도 했건만……. 아니 사실은 알고 있었던 거요. 그 사람을 처음 만났을 때부터 줄곧 마음이 떨렸으니 말이오. 왜 진작 알아차리지 못했을까? 이건 너무 참혹한 일이오. 소름이 끼칠 정도로 추악한 일이란 말이오. 내 꼴을 보고 얼마나 기뻐 날뛰었을까? 헤스터, 나는…… 당신을 용서할 수 없소."

"그러나 전 용서를 받아야만 해요."

헤스터는 울면서 그의 곁에 있는 낙엽 위에 몸을 내던졌다.

"벌은 하느님께 받겠어요. 당신에겐 용서를 받아야 해요."

헤스터는 갑자기 격정에 사로잡혀 두 팔로 목사의 머리를 가슴에 끌어안았다. 목사의 볼이 주홍 글씨에 닿는 것도 아랑곳하지 않았다. 헤스터는 뿌리치려 애쓰는 목사를 놓아 주지 않았다. 이 남자의 창백한 얼굴이 무서움에 일그러지는 것을 차마 볼 수 없었던 것이다.

"용서해 주시는거죠? 그런 무서운 얼굴은 하지 말아 주세요."

"용서하겠소, 헤스터. 이젠 진심으로 용서하겠소. 그러나 하느님이 우리 둘을 용서해 주시기를 빌어야 하오. 우리는 이 세상에서 가장 나쁜 죄인은 아니오. 타락한 목사보다도 더 괘씸한 사람이 하나 있소. 그 늙은이의 복수는 내 죄보다 더 흉측하오. 그는 우리 마음의 신성함을 잔인하게 짓밟은 거요."

"그래요. 우리가 지은 죄에는 나름대로 진실함이 있었어요. 벌써 잊으신 건 아니시겠지요?"

"쉬, 그만 하시오. 난 잊지 않았소. 잊을 리가 있겠소?"

그들은 다시 이끼 낀 나무 등걸에 나란히 앉아 손을 꼭 잡았다. 어두컴컴한 숲은 바람이 불 때마다 슬픈 소리를 냈다. 그러나 그들은 그곳을 뜰 수가 없었다. 마을로 돌아가는 길은 한없이 쓸쓸해 보였다.

마을로 돌아가면 헤스터는 다시 치욕의 멍에를 메야 하고, 목사는 쓸모없는 명예의 껍데기를 뒤집어써야 한다. 그래서 더욱 이곳을 떠날 수가 없었다.

"헤스터, 로저 틸링워스는 자신의 정체를 폭로하려는 당신의 의도를 알고 있을 거요. 그렇다면 그가 우리 비밀을 잠자코 숨기고만 있겠소? 이번엔 또 어떤 형태로 복수를 해 올지 모르오."

"비밀을 폭로하는 일은 없을 거예요. 틀림없이 다른 방법으로 복수를 하겠지요."

"그럼, 난 무서운 원수와 같은 공기를 마시며 계속 살아야 한단 말이오?"

"앞으로는 함께 살아선 안 돼요. 당신 마음을 더 이상 악한 자의 눈앞에 드러내 보여선 안 돼요."

"그건 죽느니만 못한 일이오. 그러나 그걸 어떻게 피하겠소? 어떤 길이 나한테 남아 있단 말이오? 이곳에 쓰러져 죽어 가야

한단 말이오?"

"슬프군요. 당신이 그렇게 약해지셨다니."

헤스터의 눈에 눈물이 솟았다.

"하느님의 심판이 내릴 것이오. 내가 대항하기에는 너무나 힘겨운 심판이오."

"하느님은 자비를 베푸실 거예요. 다만 당신에게 그걸 잡을 만한 힘이 있느냐 없느냐가 중요해요."

헤스터가 말했다.

"날 위해 굳센 사람이 되어 주오. 헤스터, 내가 어떻게 하면 좋을지 일러 줘요."

"딤스데일, 세상이 그렇게 좁은가요?"

헤스터는 목사의 눈을 뚫어져라 쳐다보며 이렇게 외쳤다.

"저 마을 밖에는 세계가 없나요? 이 숲속 오솔길은 황야로 깊숙이 이어져요. 여기서 몇 마일만 가면 백인의 그림자조차 보이지 않을 거예요. 거기까지 가면 당신도 자유로운 몸이 돼요. 비참했던 세상에서 벗어나 얼마든지 행복하게 살 수 있다고요."

"하지만 그곳은 낙엽으로 뒤덮였을 뿐이오."

목사는 슬픈 미소를 띠며 대답했다.

"넓고 넓은 바닷길도 열려 있어요. 당신은 바다를 건너서 오셨어요. 당신이 바라기만 하면 되돌아갈 수도 있어요. 고향이나 이름 모르는 벽촌으로, 아니면 런던이나 유럽으로 갈 수도 있어요. 그러면 그 사람의 힘도 미치지 못하고 누구도 알아차리지 못할 거예요."

"그런 짓은 할 수 없소. 나는 갈 힘이 없소. 하느님이 정해 주신 이곳에서 속세의 생활을 마칠 수밖에 없소. 나는 이곳에서 사람들의 영혼을 위해 내가 할 수 있는 일을 더 하고 싶소. 나는 영혼의 파수꾼이 되기엔 부적당한 사람이지만, 그리고 이 어려운 역할이 끝나면 죽음과 불명예가 기다리고 있으리라 각오하지만 그렇다고 해서 여길 떠날 생각은 없소."

"7년 동안이나 비참한 짐에 짓눌려 당신의 기가 죽어 버린 거예요. 당신은 무거운 짐을 내동댕이치고 가야만 해요. 여기서 생긴 일은 여기에다 버리고 가시면 돼요. 더 이상 얽매일 필요 없어요. 새로 시작하는 거예요. 한 번의 실패로 꿈을 잊었단 말씀인가요? 천만에요. 당신 앞날엔 아직도 수많은 성공의 기회가 있어요. 행복을 맛볼 수도 있고 좋은 일을 더 많이 할 수도 있어요. 거짓된 생활을 진실된 생활로 바꿔 보는 거예요. 인디언의 스승이 되고 전도사가 되는 것도 좋겠지요. 학자나 현명한 사람이 되면 어떨까요? 이곳에서 힘없이 죽어 가는 일 말고는 무엇이든지 할 수 있어요. 아서 딤스데일의 이름을 버리고 다른 훌륭한 이름을 쓰세요. 당신의 목숨을 좀먹는 고통 속에서 왜 머뭇거리나요? 용기를 내세요."

"오, 헤스터."

아서 딤스데일은 외쳤다.

"무릎도 제대로 가누지 못하는 사람한테 달음박질을 하라는 거요? 아, 너무 가혹하군요. 난 여기서 죽을 수밖에 없소. 낯설고 험난한 세계로 뛰어들 기력도 용기도 더 이상 없소. 혼자서는 말이오⋯⋯."

"혼자서 가시라는 게 아니에요."

헤스터는 나직하게 속삭였다. 이리하여 하고 싶은 말을 모두 이야기한 셈이었다.

아서 딤스데일은 희망과 기쁨의 눈으로 헤스터를 바라보았다. 하지만 불안한 빛은 감출 길이 없었다.

그는 자신이 차마 드러내지 못하고 막연하게 생각만 하고 있었던 것을 딱 잘라 말한 헤스터의 대담함에 한편으로 두려움을 느꼈다.

주홍 글씨는 다른 여자들이 감히 발을 들여놓지 못하는 세계까지도 드나들 수 있는 통행증이나 다름없었다. 그것은 헤스터를 굳세게 만들었다. 그러나 목사는, 목사이기 때문에 일반적인 법칙에서 벗어난 적이 거의 없었다. 가장 신성한 법칙의 하나를 벌벌 떨면서 단 한 번 어겼을 뿐이었다.

죄 때문에 생긴 영혼의 상처는 이 세상에서는 절대로 회복될 수 없다는 것, 그것은 엄격하고도 슬픈 진리였다.

목사는 생각했다.

'헤스터의 말처럼 이 길을 택했다 해서 더 훌륭한 장래를 버리는 것은 아닐 것이다. 어쨌든 헤스터 없이는 이제 살아갈 수 없다. 이렇게 강하게 격려하고 부드럽게 위로해 주지 않는가? 오, 하느님! 눈을 쳐들 용기조차 없는 저를 용서해 주십시오.'

"가시는 거예요."

두 사람의 눈이 마주쳤을 때 헤스터는 조용히 말했다. 일단 결심하고 나니 기쁨의 빛이 목사의 가슴에 환한 길을 열어 주었다. 마음의 감옥에서 방금 도망쳐 나온 죄수가 자유로운 공기를 들이마시듯 들뜬 기분이었다.

"다시 이런 기쁨을 맛볼 수 있다니! 기쁨의 싹은 모두 죽어 버린 줄 알았는데. 오, 헤스터! 당신은 나를 구해 준 천사요. 자비의 하느님이 주신 새로운 힘이 마음속에 가득 차서 불쑥 일어선 듯한 기분이오. 이것만으로도 벌써 행복을 되찾은 것 같소. 왜

이런 생각을 좀 더 일찍 하지 못했을까?"

"과거는 돌아보지 않기로 해요. 과거는 가 버린 거예요. 보세요, 나도 가슴의 표시와 과거를 모두 버리고 새로운 인생을 살 거예요."

헤스터는 주홍 글씨를 떼어 멀리 낙엽 위로 던져 버렸다.

한 뼘만 더 멀리 날아갔더라면 물에 빠져 흘러갔을 것이다. 주홍 글씨는 냇물 바로 옆에 떨어져 주인을 잃은 보석처럼 반짝였다.

헤스터는 긴 한숨을 쉬었다. 더 이상 무거운 짐은 그녀에게 없었다. 아, 홀가분한 해방감!

헤스터는 머리를 감싸고 있던 거추장스러운 모자를 벗었다. 순간 검고 윤기나는 머리카락이 어깨 위로 쏟아졌다. 여자로서의 아름다움이 되살아났다. 하늘이 미소라도 터뜨렸는지 어두컴컴하던 숲에 갑자기 햇빛이 내리비쳤다. 푸른 나뭇잎들이 빛나고 바닥에 뒹구는 낙엽들이 황금빛으로 물들었다. 잿빛 고목나무 줄기까지도 새롭게 반짝였다.

사랑이란 언제나 세상 모든 것들에 해처럼 밝은 빛을 만들어 낸다. 헤스터는 새로운 기쁨에 몸을 떨며 상대방을 쳐다보았다.

"펄과 사귀셔야지요? 전에도 만나 보았지만 이젠 다른 눈으로 보셔야 해요. 그 애를 귀여워해 주실 거지요? 어떻게 길러야 하는지도 가르쳐 주셔야 해요."

"날 좋아할까? 펄이 두렵소."

목사는 불안한 표정으로 물었다.

"어머나, 가엾어라! 그 앤 당신을 좋아하게 될 거예요. 이리로 오라고 할게요."

"저기 있군, 저기 시냇물 건너편 햇빛이 비치고 있는 곳에. 당신 생각엔 저 아이가 나와 친해질 수 있을 것 같소?"

헤스터는 생긋 웃고 펄을 불렀다. 펄은 천천히 숲속을 가로질러 다가왔다.

펄은 시든 잎 위에 핏방울처럼 빨갛게 맺혀 있는 싱싱한 딸기를 따 먹으며 놀고 있었다. 새끼를 거느린 뇌조가 꾸꾸 울어 댔

다. 나지막한 나뭇가지에 앉아 있던 비둘기도 울었다. 높은 나무 위에 둥우리를 튼 다람쥐가 갉아먹던 열매 하나를 머리 위로 던 졌다. 낙엽 밟는 소리에 잠이 깬 여우 한 마리가 펄을 수상쩍은 듯 바라보더니 도망갈 건지 그냥 한 잠 더 잘 건지를 망설였다.

펄은 제비꽃이며 아네모네, 미나리풀꽃, 고목에 돋아난 새파란 가지들을 꺾어서는 머리와 허리에 꽂았다.

그렇게 숲과 잘 어울리는 요정 같은 모습으로 펄은 헤스터를 향해 오고 있었다.

"저 애가 귀여워질 거예요."

목사와 펄을 번갈아 바라보며 헤스터가 다시 한 번 말했다.

"정말 예쁘지요? 이름 없는 꽃으로 멋지게 치장한 저 아이를 좀 보세요. 진주며 다이아몬드, 루비를 모았다 해도 저렇게 아름답진 않을 거예요. 그런데 이마가 당신을 닮은 것 같지 않나요?"

"그런데 말이오."

목사는 슬퍼 보이는 엷은 미소를 띠며 말했다.

"언제나 당신 곁을 따라다니는 저 애가 그동안 날 자주 놀라게 했다오. 지금 생각하면 내가 얼마나 잘못된 생각을 했던지……. 난 저 아이가 나를 꼭 닮아 세상 사람들이 눈치채지 않을까 걱정했다오. 그런데 당신을 더 많이 닮았구려."

"이제 조금만 더 세월이 흐르면 저 아이가 누구의 아이라는 게 알려져도 두려워하실 필요가 없을 거예요. 아무튼 놀랄 만큼 아름답네요. 마치 그리운 영국에다 두고 온 요정이 곱게 치장하고 우릴 마중 나온 것 같아요."

두 사람은 펄을 바라보며 지금까지 맛보지 못했던 기쁨에 잠겼다. 이 순간, 펄은 두 사람을 결합시키는 사랑의 고리 같았다.

"저 아이한테 말씀하실 때는 보통 때와 다른 태도를 보여선 안 돼요. 가끔 변덕스럽고 엉뚱한 짓을 잘하거든요. 특히 이유를 충분히 알기 전에는 남의 호의를 받으려 하질 않아요. 하지만 정이 깊은 아이니까 날 사랑하듯이 당신도 사랑하게 될 거예요."

헤스터가 속삭였다.

"당신은 짐작도 못 한 일이겠지만, 이렇게 만나기를 얼마나 기다렸는지 모르오. 물론 한편으론 두렵기도 했지만 말이오. 아이들은 여간해서 날 잘 따르지 않소. 먼발치에 서서 이상한 눈초리로 나를 쳐다볼 뿐이라오. 그러나 펄은 두 번씩이나 내게 친절히 대해 주었소. 첫 번째 일은 당신도 잘 알 거요. 두 번째는 총독 집에 왔을 때고."

"그때 당신은 우리 모녀를 아주 용감하게 변호해 주셨지요. 잊지 않고 있답니다. 아마 펄도 잊지 않았을 거예요. 그러니 조금도 걱정할 필요 없어요. 처음에는 서먹서먹하고 낯설어하겠지만 곧 당신을 따르게 될 거니까요."

펄은 건너편 시냇가 이끼 낀 나무 등걸에 앉아 저를 기다리는 엄마와 목사를 말없이 쳐다보고 있었다. 마침 시냇물이 깊은 웅덩이를 이룬 곳이라 잔잔한 수면에 작은 아이의 모습이 그대로 비쳤다. 꽃과 풀을 엮어 치장한 모습은 이 세상 사람이 아닌 것같이 느껴졌다. 펄은 엄마 옆에 늘 있던 자신의 자리가 없자 어리둥절해하는 것 같았다.

"저 아이를 빨리 오라고 해요. 저렇게 머뭇거리는 걸 보니 왠지 초조하구려."

예민한 목사는 두 모녀의 기분을 알아차리고 말했다.

"착하지? 어서 온. 여기 계신 분은 엄마 친구야. 너에게도 좋은 친구가 될 거야. 어서 냇물을 뛰어넘어와, 아기 사슴처럼."

그러나 펄은 냇물 건너편에 버티고 서서 맑고 초롱초롱한 눈으로 번갈아 두 사람을 바라보았다. 아이의 시선을 느끼자 딤스데일은 손을 가슴 위에 얹었다.

펄이 느닷없이 조그마한 손가락을 내밀어 엄마 가슴을 가리켰다. 꽃으로 치장한 수면 위 그림자도 손가락질을 했다.

"참 이상하구나. 왜 엄마한테 안 오니?"

헤스터가 외쳤다.

펄은 갓난아이같이 해맑은 얼굴을 찌푸리고 줄곧 엄마의 가슴을 가리켰다. 엄마가 전에 없이 얼굴 가득 미소를 띠고 계속 손짓을 하자, 아이는 점점 화가 나 발을 동동 굴렀다.

"빨리 오지 못하니? 펄, 안 오면 엄마가 화낼 테야."

헤스터는 소리질렀다. 지금 이 순간만큼은 펄이 좀 더 얌전해 주었으면 하고 바랐다.

"냇물을 건너 이리 뛰어오렴! 왜 그렇게 속을 썩이니? 안 오면

엄마가 간다."

아무리 달래고 위협해도 막무가내이던 펄이 갑자기 울화통이 터진 듯 손발을 마구 휘저으며 몸부림쳤다. 찢어지는 듯한 비명 소리가 숲을 울렸다. 작은 손가락은 여전히 엄마 가슴을 가리키고 있었다.

"저 애가 왜 저러는지 알았어요."

헤스터는 새파랗게 질린 얼굴로 목사에게 속삭였다.

"아이들이란 날마다 보아 오던 것이 조금만 달라져도 가만히 있지 않는 법이에요. 펄은 내가 늘 달고 있던 걸 떼어 버렸다고 저러는 거예요."

"헤스터, 부탁이오. 저 아이를 빨리 달래 줘요. 어린아이가 화내는 모습은 딱 질색이라오."

헤스터는 볼을 빨갛게 붉히는 목사를 쳐다보았다. 그러곤 깊은 한숨을 쉬며 펄 쪽으로 얼굴을 돌렸다.

"펄, 발 밑을 봐."

그녀는 슬프게 말했다.

"그래, 거기야. 네 바로 앞 말이야. 냇물 이쪽."

아이는 엄마가 말하는 쪽으로 눈을 돌렸다. 주홍 글씨는 금방이라도 물속에 빠질 듯 아슬아슬한 곳에 떨어져 있었다. 물 위로

금빛 글자가 비쳤다.

"그걸 이리 가져온."

"엄마가 와서 가져가."

"무슨 애가 저렇죠?"

헤스터가 목사에게 말했다.

"하지만 아이 생각이 옳아요. 당분간 괴로움을 참아야겠어요. 며칠만 지나면 괜찮겠지요? 넓은 바다로 간다면 바다가 저 표시를 영원히 삼켜 버릴 수 있을 거예요."

헤스터는 냇가로 걸어갔다. 그리고는 주홍 글씨를 집어 다시 가슴에 달았다. 죄악이란 이렇게 숙명적인 성격을 띠게 마련인 걸까. 헤스터는 윤기 있는 머리를 틀어올려 모자 속으로 쑤셔 넣었다. 헤스터의 푸근한 아름다움은 금세 사라져 버리고 잿빛 그림자가 내리덮였다.

헤스터는 쓸쓸한 표정으로 펄에게 손을 내밀었다.

"자, 이제 엄마를 알아보겠니, 펄?"

헤스터는 펄을 조용히 나무랐다.

"이젠 엄마라고 불러 주겠지? 주홍 글씨를 달고 다시 슬픈 엄마가 됐으니."

"응, 그럴게."

아이는 단숨에 냇물을 뛰어넘어와 두 팔로 엄마를 얼싸안았다.

"이젠 우리 엄마야. 난 엄마의 펄이고."

펄은 상냥한 태도로 엄마의 얼굴을 끌어당겨서는 이마와 양볼에 입을 맞추었다. 그러고 나서 주홍 글씨에도 입맞춤을 했다.

"왜 목사님이 저기 앉아 있지?"

펄이 물었다.

"너를 만나려고 기다리시는 거야. 축도를 부탁하자. 목사님은 펄이 아주 좋으시대. 엄마도 좋고. 너도 목사님이 좋아질걸? 가자, 너랑 얘기하고 싶으시다는구나."

"정말 우리가 좋으시대? 우리랑 손잡고 셋이서 마을로 돌아가는 거야?"

펄은 영리한 눈으로 어머니의 얼굴을 올려다보았다.

"지금은 안 돼, 펄. 하지만 머지않아 그렇게 될 거야. 우리 세 사람의 따뜻한 집이 생길 거니까. 목사님 무릎 위에 앉아도 되고. 너한테 여러 가지를 가르쳐 주시면서 귀여워하실 거야. 너도 목사님이 좋아지겠지?"

"언제나 가슴에 손을 대고 계실 건가?"

펄이 물었다.

"그런 말이 어디 있니? 자, 어서 가서 축도를 부탁드리자."

그러나 질투심 탓인지 변덕스러운 성격 탓인지 펄은 매정한 태도를 보였다. 억지로 목사에게 데려가긴 했지만 펄은 뒷걸음질 치며 아주 싫다는 표정으로 얼굴을 찡그렸다.

"펄, 어서 오렴."

목사는 부드러운 미소를 띠며 팔을 벌렸다.

"싫어……."

목사는 당황했으나, 이내 몸을 굽혀 아이의 이마에 입을 맞추었다.

펄은 엄마의 손을 뿌리치고 냇가로 달려가 이마를 물에 담갔다. 그러고는 두 사람을 잠자코 쳐다보며 우두커니 서 있었다.

이렇게 두 사람의 운명적인 만남은 끝을 맺었다. 조그만 골짜기는 다시 침침한 고목들 틈의 쓸쓸한 장소로 남게 되었다.

미로에 선 목사

목사는 한 발 앞서 떠나며 뒤를 돌아보았다. 흐릿해지는 모녀의 모습이 어슴푸레한 숲속에 남아 있었다. 그는 이토록 큰 변화를 단번에 현실로 받아들일 수가 없었다. 그러나 분명히 꿈은 아니었다. 목사는 헤스터와 함께 세운 계획들을 돌이켜 보았다.

두 사람은 사람이 많고 큰 도시가 있는 유럽 지역을 적절한 은신처로 결정지었다. 목사가 하는 일이나 여러 가지를 위해서도 큰 도시가 어울릴 것 같았다.

결단을 부추기듯 때마침 배 한 척이 항구에 머무르고 있었다. 이 배는 카리브해 연안을 떠나 최근에 입항했는데 나흘 뒤 브리스틀을 향해 출항할 예정이었다.

헤스터는 자선 부인회 회원이란 것을 내세워 선장이며 승무원들과 친해졌다. 그리하여 배에 어른 둘과 아이 한 명의 자리를 마련할 수 있었다. 물론 그 사실은 비밀에 부쳤다.

나흘 뒤 배가 떠난다는 소식에 목사는 잘되었다고 생각했다. 사흘 뒤 있을 총독 취임식에서 목사는 축하 설교를 할 예정이었다. 이런 기회는 뉴잉글랜드의 목사에게 평생을 따라다니는 명예가 되었다. 따라서 성직을 떠나려는 마당에 이보다 더 적절할 수가 없었다.

딤스데일 목사는 갑자기 기력이 솟았다. 목사는 물웅덩이를 건너뛰고 몸에 얽혀드는 덤불을 헤치며 언덕길을 올라갔다. 움푹 팬 데로 뛰어내리기도 하며 험한 길을 거침없이 나아갔다. 놀랄 만큼 지칠 줄 모르는 원기였다. 겨우 이틀 전만 해도 숨이 차서 몇 번이나 쉬어 가며 힘없이 걷던 길이었다. 마을 거리가 눈앞에 나타났을 땐 낯익은 풍경들이 완전히 달라진 듯한 인상을 주었다. 하루 사이에 몇 년이 흐른 것 같았다.

숲에서 돌아온 목사는 딴 사람이 되었다. 친구들을 만났다면 이렇게 말했을지도 모른다.

"나는 자네들이 생각하고 있는 딤스데일이 아닐세. 그 사람은 숲속 깊숙한 골짜기에 두고 왔다네. 이끼 낀 고목나무가 쓰러져 있는 음침한 냇가 옆일세. 자네들이 생각하고 있는 목사를 찾으려면 그곳에 가 보게. 그 녀석의 수척한 몸, 여윈 볼, 고통으로 일그러진 창백하고 우울한 이마가 벗어던진 옷처럼 팽개쳐져 있을 걸세."

목사는 묘지 근처에 있는 자기 집에 도착했다. 잠시 생각에 잠겨 있는데 문을 두드리는 소리가 들려왔다.

"들어오시오."

혹 악마가 찾아온 게 아닌가 하는 생각이 불쑥 들었다. 과연 그 예감은 들어맞았다.

목사는 한 손은 성서 위에 놓고 또 한 손은 가슴 위에 얹은 채 파랗게 질려 있었다.

"다녀오셨군요. 엘리어트 전도사는 안녕하시던가요? 그런데 목사님 얼굴빛이 좋지 않군요. 황야를 여행하신 것이 너무 힘들었던 모양입니다. 축하 설교를 하려면 기운을 차려야 할 텐데 도와드릴까요?"

"아니오, 문제 없어요. 서재에만 틀어박혀 있다가 여행을 하고 또 그곳에서 성인 같은 전도사님을 만나고 자유로운 공기를 마셨더니 상당히 도움이 됐어요. 이제 선생님이 지어 주시는 약은 필요 없을 것 같아요. 좋은 약인 줄은 압니다만."

"오늘 밤만은 제 변변치 못한 의술을 이용하시는 게 좋지 않을
까요? 큰일을 앞두고 있는 힘을 다하시니까요. 이 고장 사람들도
목사님에게 큰 기대를 걸고 있답니다. 내년에는 이곳에 안 계실
지도 모른다고 걱정하는 모양이더군요."

"그렇죠, 저 세상으로 가 버리면. 하느님이 좀 더 좋은 세상으
로 보내 주시면 좋으련만. 실은 앞으로 마을 분들과 함께 지낼 수
없을 것 같아요. 선생님의 치료도 현재의 제 건강 상태로는 필요
없을 것 같군요."

"그렇다면 다행입니다. 오랫동안 아무 효험도 없던 제 약이 이제야 겨우 효과를 보이나 봐요. 목사님을 건강하게 해 드릴 수만 있다면 정말 기쁠 거예요. 뉴잉글랜드 전체의 감사를 받아 마땅할 거고요."

"선생께 진심으로 감사드립니다. 정말 감사합니다. 선생의 친절에는 기도로 보답할 수밖에 없어요."

"훌륭한 분의 기도는 황금 같은 사례이지요. 옳습니다. 그건 천상의 예루살렘에서 통용되는 금화입니다."

틸링워스 노인은 방을 나가면서 말했다.

혼자 남은 목사는 하숙집 심부름꾼을 불러 식사를 가져오라고 한 다음 왕성한 식욕으로 먹어치웠다. 그러고 나서 쓰다만 축하 설교 원고를 불 속에 집어던지고 단숨에 새 원고를 써 내려갔다.

이윽고 아침이 되었다. 커튼 틈으로 황금빛 햇살이 비쳐들어 목사의 눈을 부시게 했다. 그의 옆에는 헤아리기 힘들 만큼의 원고가 쌓여 있었다.

신임 총독이 임명되는 날 아침, 헤스터 프린은 펄을 데리고 마을 광장으로 갔다. 그곳은 벌써 많은 사람들로 붐비고 있었다. 사슴 가죽 옷을 입은 험악한 인상의 숲속 개척지 주민들도 섞여 있었다.

과거 7년 동안 행사 때면 늘 그랬듯이 헤스터는 거친 회색 천으로 만든 옷을 입었다. 전혀 남의 눈에 띄지 않는 옷차림이었다. 하지만 가슴에 달린 주홍 글씨 때문에 헤스터의 모습은 뚜렷이 드러났고, 그녀의 표정은 얼어붙은 듯 싸늘했다. 그러나 속으로

는 이렇게 말했을지도 모른다.

'얼마 안 있으면 당신네들 손이 미치지 않는 곳으로 가 버릴 거예요. 앞으로 몇 시간 뒤면 당신네들이 내 가슴에서 불타게 했던이 표시는 바닷속으로 영원히 사라질 거예요.'

화려하고 산뜻한 옷을 차려입은 펄은 끊임없이 재잘거리며 때로는 알아들을 수 없는 노래를 귀 아프게 불러 댔다. 사람들이 와글대고 활기에 넘친 것을 보자 펄은 점점 더 흥분하기 시작했다.

"엄마, 오늘은 왜 다들 일을 안 하지? 저것 봐, 대장장이가 검댕이 얼굴을 깨끗이 씻고 새 양복을 입었어. 저쪽에 간수 브레킷할아버지도 계셔. 날 보고 웃으시던데 왜 그러지, 엄마?"

"갓난아기 때의 널 알고 있어서 그러시는 거야."

"하지만 기분 나빠. 눈초리가 무섭거든."

펄은 말했다.

"엄마, 저기 봐. 낯선 사람이 굉장히 많아. 인디언도 있고 뱃사람도 있어. 저 사람들이 여기엔 무엇 하러 왔지?"

"행렬이 지나가기를 기다리는 거야. 조금 있으면 총독님과 판사님, 목사님 같은 훌륭한 분들이 악대랑 병정들을 앞세우고 행진하실 거거든."

"그럼 그 목사님도 계시겠네?"

"물론이지."

"시냇가에서처럼 손을 내밀어 주실까?"

"하지만 오늘은 아는 체도 안 하실 거야. 너도 인사를 하면 안
돼. 알았지?"

"그래도 밤에는 우리를 불러 손을 잡아 주시겠지? 요전에 처벌
대 위에 섰을 때처럼. 또 숲에서는 엄마랑 이끼 위에 앉아서 얘
기를 하셨잖아. 내 이마에다 뽀뽀도 해 주셨고. 그런데 대낮이나
여러 사람 앞에서는 서로 모르는 체해야 해. 참 이상하고 슬픈 목
사님이야."

"조용히 해. 목사님 생각 말고 어서 사람들 구경이나 해."

군중들과 좀 떨어진 곳에는 붉고 노란 물감을 얼굴에 칠한 인
디언들이 깃털로 머리를 장식하고 끝이 돌로 된 창과 활을 들고
있었다. 청교도들도 흉내 낼 수 없을 정도로 엄숙하고 굳은 표정
들이었다.

총독의 취임을 구경하러 온 선원들은 얼굴이 까맣게 타고 수염
이 더부룩했다. 그들의 잔인한 눈은 야자나무 잎으로 만든 챙 넓
은 모자 밑으로 무섭게 번뜩였다. 그들은 관리들의 코앞에서 담
배를 뻑뻑 피워 대거나 술병을 꺼내어 병째 들이키기도 했다.

선장은 양복에다 리본을 숱하게 달고 금테와 금사슬을 감은 모

자에 깃털을 꽂았다. 허리에는 칼을 찼고 이마는 칼자국을 자랑 삼아 드러내 놓았다. 그러고는 광장을 어슬렁어슬렁 돌아다니다가 헤스터가 서 있는 곳까지 오자 서슴지 않고 말을 걸었다.

"부인이 부탁한 것 외에 침대를 하나 더 마련하도록 급사놈에게 일러둬야겠어요. 이번 항해에선 괴혈병이나 발진티푸스 같은 병이 발생할 염려는 절대로 없을 것 같군요. 원래 배에 있는 의사 말고도 한 사람의 의사가 더 타게 되었으니까요. 걱정되는 것은 약품과 환약이에요. 스페인 배와 거래할 약품이 잔뜩 쌓여 있거든요."

"뭐라고요? 또 탈 사람이 있단 말인가요?"

헤스터는 깜짝 놀라 물었다.

"아니, 모르고 계십니까? 이곳에 사는 의사인데 틸링워스라고 하던가요? 당신네들과 함께 우리 배에서 식사를 하고 싶다더군요. 당신도 아실 텐데요, 당신이 말씀하시던 그분과 친구가 된다고 했거든요. 그분은 고약한 청교도 통치자들한테 쫓겨나는 몸이라면서요?"

"아, 네. 물론 두 분은 친한 사이입니다. 오랫동안 함께 살아 왔으니까요."

태연한 얼굴로 대답했으나 헤스터는 몹시 당황했다.

바로 그때 광장 반대쪽 구석에서 웃고 있는 틸링워스의 모습이 보였다.

이윽고 행렬의 선두가 당당한 모습으로 길모퉁이를 돌아 광장을 건너오기 시작했다. 군악대가 앞장서고 보병 중대가 뒤를 따랐다. 강철로 몸을 단장하고 번쩍이는 투구 위에 깃털을 휘날리는 모습은 찬란했다. 그 뒤를 상급 문관들과 함께 딤스데일 목사가 힘찬 걸음걸이로 따라오고 있었다.

목사를 물끄러미 바라보던 헤스터는 뭔가 무서운 예감에 사로잡혔다. 무슨 까닭인지 또 어디서 오는 것인지 알 수 없는 두려움이었다. 다만 목사가 이젠 자신과 전혀

동떨어진, 손이 닿을 수 없는 곳에 있는 사람처럼 느껴졌을 뿐이었다.

이끼 낀 통나무에서 손을 마주 잡고 앉아 있을 때 둘은 얼마나 가까웠던가. 그때는 서로를 얼마나 깊이 이해했던가? 그런데 지금은 전혀 낯선 사람 같기만 하다. 그는 위엄과 덕망이 있는 장로들 행렬에 끼어 자랑스러운 모습으로 지나갔다.

사회적 지위로 보더라도 그에게는 그녀의 손길이 닿을 수 없었고, 그의 정신 세계는 더욱 머나먼 곳에 있는 것 같았다. 모든 것이 환상이었나 보다. 그토록 선명하게 꿈을 꾸었는데도, 목사와 자기 사이에는 현실적으로 어떠한 인연도 맺어질 수 없다는 생각이 들자 헤스터의 마음이 무거웠다. 운명의 발길이 한 발 한 발 다가오는 판국에 목사가 이렇게 헤스터와 펄에게서 멀어져 버리는 것은 용서할 수 없었다.

펄은 엄마 마음의 동요를 이내 알아차렸다. 아니면 목사에게 손을 내밀 수 없는 서먹서먹한 기분을 스스로 느꼈는지도 모른다. 행렬이 지나가는 동안 펄은 금방이라도 날아갈 것 같은 참새처럼 이리저리 퍼득거리며 불안해했다.

행렬이 모두 지나가자 펄이 말했다.

"엄마, 저분이 시냇가에서 뽀뽀해 주시던 그 목사님이야?"

"펄, 제발 잠자코 있어. 숲에서 있었던 일을 광장에서 이야기하면 안 돼."

"그 목사님 같지가 않아. 아니면 쫓아가서 뽀뽀해 달라고 하고 싶었는데. 그럼 목사님은 뭐라고 하셨을까? 가슴을 손으로 누르고 눈을 흘기면서 저리 가라고 하셨을까?"

"지금은 그럴 때가 아냐. 그런 건 광장에서 하면 안 돼. 어쨌든 목사님께 말을 걸지 않은 것은 천만다행이다."

헤스터는 가슴을 쓸어내렸다.

바로 그때 히빈스 부인이 이 고장 사람들은 감히 하지 못하는 일을 해치웠다. 여러 사람이 보는 앞에서 주홍 글씨의 여인과 말을 나눈 것이다. 노부인은 삼단 주름 깃에 수를 놓은 옷에다 황금 손잡이가 달린 단장을 짚은 화려한 차림이었다.

헤스터와 어깨를 나란히 하고 서 있는 것을 보자 히빈스 노부인에 대한 사람들의 두려움은 곱절로 늘었다. 광장에 있던 사람들은 슬금슬금 물러났다.

노부인은 은밀한 목소리로 말을 털어놓기 시작했다.

"저 목사님 말이오, 저렇게 행렬 속에 끼어 가는 것을 보면 바로 며칠 전에 서재를 빠져나와 숲에 있었다는 걸 누가 알겠어요? 하하하, 저 사람이 그 목사라니 믿을 수가 없어요."

"무슨 말씀을 하시는지 모르겠네요. 딤스데일 목사님처럼 학식 있고 신앙심이 두터운 분을 그렇게 함부로 말하다니요."

헤스터 프린은 히빈스 노부인이 제정신이 아니라는 생각으로 대답했으나 속으로는 놀랍고 무서웠다.

"흥, 바보 같은 여자로군."

노부인은 헤스터 코끝에 대고 삿대질을 했다.

"내가 그토록 자주 숲을 드나드는데 누가 거길 갔는지 모른단 말이오? 헤스터, 당신 일도 알아요. 당신 가슴에 붙은 표시가 환한 곳은 물론이고 어두운 곳에서도 불꽃처럼 타거든. 당신은 그걸 달고 다니니까 전혀 문제가 안 되지만 저 목사는 말이오, 잠깐 귀를 빌립시다. 저 목사가 늘 가슴에 손을 얹고 감추려 하는 것은 뭐겠소?"

"그게 뭐죠, 히빈스 아주머니?"

펄이 재촉하듯 물었다.

"아무것도 아녜요, 아가씨."

히빈스 노부인은 정중히 절을 하며 말했다.

"언젠가는 네 눈으로 확인할 수 있을 거야. 언제든 날씨가 맑은 밤에 나하고 같이 하늘로 날아가 아버지를 만나 뵙지 않겠니? 그러면 왜 그러는지 알게 될 거다."

광장 안 사람들이 모두 들을 수 있을 만큼 높은 소리로 웃으며 기분 나쁜 노부인은 사라졌다.

이때 교회당에서 딤스데일 목사의 목소리가 들려왔다. 설교가 시작된 것이었다.

헤스터는 억누를 수 없는 감정에 이끌려 교회당 근처로 갔다. 교회 안은 많은 사람들로 가득 차 발을 디딜 틈조차 없었다. 헤스터는 처벌대 바로 옆에 자리를 잡았다. 딤스데일 목사의 목소리가 물결처럼 흘러나왔다. 그 소리는 괴로움에 허덕이는 이들을 위로하는 다정한 속삭임 같기도 하고 사람들의 슬픔을 일깨우는 울부짖음 같기도 했다.

헤스터는 처벌대 밑에 동상처럼 서 있었다.

그동안 펄은 제멋대로 광장을 쏘다니며 놀았다. 선장이 펄을 보자 모자에 감았던 금사슬을 끌러 던져 주었다. 펄은 금방 목에서 허리로 휘감았다.

"저기 주홍 글씨를 단 여자가 네 엄마지? 엄마한테 가서 말 좀 전해 줄래?"

"내 맘에 드는 말이면요."

"얼굴이 검고 등이 굽은 의사가 친구분을 배까지 모시고 오겠단다. 그러니 엄만 두 사람 몫의 준비만 하면 된다고 전해라. 알겠니? 요 마녀 아가씨야."

"히빈스 아주머니가 우리 아빠는 하늘의 제왕인 마왕님이래요. 나를 욕하면 아빠한테 일러 줄 거예요. 그럼 아저씨 배는 폭풍으로 혼날걸?"

펄이 장난스럽게 떠들고는 엄마에게 왔다.

선장의 말을 듣고 어쩔 줄 몰라 하고 있는 헤스터의 주변으로 사람들이 몰려들었다. 그러나 먼발치에 둘러서 있을 뿐 가까이 올 엄두는 내지 못했다.

뒤늦게 주홍 글씨의 뜻을 알게 된 선원들이나 심지어 인디언들까지도 헤스터의 가슴을 뚫어지게 쳐다보았다. 이젠 별로 이상하게 느끼지 않을 법도 한 주민들까지 냉담한 얼굴로 그녀를 바라보았다. 낯익은 시선들은 헤스터 프린을 한층 더 괴롭게 했다.

주홍 글씨

굽이치는 파도처럼 청중들의 영혼을 드높은 곳으로 이끌던 딤스데일 목사의 설교도 마침내 끝이 났다. 청중들 사이에는 엄숙한 침묵이 흘렀다. 잠시 뒤 교회 입구로 쏟아져 나온 청중들은 감격하여 목사에 대한 찬사를 아끼지 않았다.

설교의 주제는 지금 횡야에 건설되고 있는 뉴잉글랜드와 관련된 것이었다. 목사는 황금 같은 진리를 우박처럼 쏟아 놓았다. 사람들은 설교가 마치 목사의 영광스러운 앞날에 대한 예언 같다고 느꼈다. 그러나 이상하게도 설교 밑바닥에는 죽음을 앞둔 사람의 탄식 같은 침통함이 깔려 있었다. 마치 아름다운 날개를 퍼덕이며 그늘과 눈부신 광채를 동시에 보이는 천사의 모습과도 같았다.

또다시 악대의 웅장한 연주 소리와 친위대의 규칙적인 발소리가 들려왔다. 행렬은 공회당으로 향하게 되어 있었다. 그곳에서 축하 연회를 벌일 예정이었다.

다시금 덕망과 위엄이 있는 장로들의 행렬이 군중 사이를 가르며 지나갔다. 총독과 관리, 원로 목사 등 저명한 각계 인사들의 행렬이 다가오자 군중은 양쪽으로 공손히 길을 비켰다.

행렬이 광장에 이르렀을 때 군중들 사이에서 우렁찬 환호성이 터져 나왔다. 설교로 흥분된 청중들의 열정이 저절로 폭발한 것이었다.

조금 뒤 모든 사람의 눈길이 목사를 향했다. 목사의 모습이 뚜렷이 보일 만큼 가까워지자, 환호성은 어느새 속삭이는 소리로 바뀌었다. 최고의 영광과 승리를 누리는 그가 저토록 창백해 보이는 이유가 무엇인지 다들 의아했다.

붉게 물들었던 목사의 볼은 타다 남은 장작개비 속에서 스러져 가는 불길처럼 꺼져 버렸다. 금방이라도 쓰러질 듯 비틀대며 걷는 그는 도무지 산 사람 같지가 않았다.

윌슨 목사가 재빨리 다가와 부축했다. 목사는 와들와들 떨면서도 단호히 노목사의 팔을 뿌리쳤다. 그가 비틀거리며 당도한 곳은 처벌대 맞은편이었다. 목사는 펄과 헤스터 앞에 우뚝 멈춰 섰다. 조금 전부터 근심스러운 얼굴로 목사를 지켜보던 베링검이 그를 부축하기 위해 행렬을 빠져나왔다. 그러나 누구도 감히 접근할 수 없는 무언가가 목사를 휘감고 있었다. 베링검은 더 다가서지 못하고 그 자리에 멈춰 서 버렸다.

군중들도 놀란 기색으로 줄곧 목사를 지켜보았다. 목사는 처벌대 쪽을 향해 두 팔을 내밀었다.

"헤스터, 이리 오시오. 펄, 너도 이리 오너라."

그의 얼굴은 소름이 끼칠 만큼 창백했다. 그러나 어딘지 모르게 부드러워 보였고 의기양양한 데가 있었다.

펄은 새처럼 가볍게 달려가 목사에게 안겼다. 헤스터 또한 피할 수 없는 운명에 이끌리듯 천천히 다가갔다.

바로 그때, 로저 틸링워스 노인이 군중들을 헤치고 나타났다. 그는 지옥에서 막 솟아오른 듯 사악해 보였다. 노인은 군중들 틈에서 뛰쳐나와 목사의 팔을 잡았다.

"이 미친 사람아, 무슨 짓을 하려는 거야?"

노인이 속삭이듯이 말했다.

"저 여자를 물리쳐요. 이 아이도 내버려 두고. 그러면 모든 것이 잘 해결될 거야. 명예를 더럽히고 죽을 셈인가? 난 아직도 당신을 구해 줄 수 있어. 잘 생각해 보라고."

"이 악마 같은 사람, 때는 이미 늦었어."

목사는 두려우면서도 엄한 눈길로 상대방을 노려보았다.

"당신의 힘은 옛 이야기가 됐어. 하느님의 도움으로 나는 이제 당신의 손아귀에서 벗어났단 말이야."

그러더니 그는 헤스터의 이름을 불렀다. 그의 목소리는 부드러웠지만 힘이 있었다.

"헤스터 프린!"

헤스터가 체념한 듯 목사를 바라보았다.

"7년 전 내가 하지 못한 일을 이 마지막 순간에 행하도록 도와주시는, 두렵고도 자비로운 하느님의 이름으로 어서 이리 와 주오. 당신 힘으로 나를 감싸 주오. 하느님이 나에게 허락하신 의지대로 따르게 해 주오. 이 노인은 악마의 힘까지 동원하여 나의 일을 반대하려고 하오. 자, 헤스터. 이리 오시오. 저 처벌대까지 따라와 주오."

군중들은 야단법석이었다. 고위 관리들은 너무나 놀란 나머지 하느님이 행하시는 듯한 심판을 그저 말없이 지켜볼 뿐이었다. 목사는 헤스터의 어깨에 기댄 채 힘겹게 처벌대 계단을 올라갔다. 목사는 펄의 작은 손을 여전히 꽉 쥐고 있었다.

로저 틸링워스 노인이 그 뒤를 따랐다. 노인은 마치 세 사람이 주인공인 연극의 마지막 장면에 꼭 끼어야 하는 사람처럼 당당해 보였다. 그는 험악한 눈초리로 목사를 노려보았다.

"이봐, 딤스데일. 세상 모든 것이 내 손 안에 있다고. 흥, 천지를 뒤져 봐도 숨을 곳이라곤 이 처벌대밖엔 없었겠지."

"이 자리로 인도해 주신 하느님께 감사할 뿐이오."

목사는 떨고 있었다. 입가에 희미한 미소를 띠고 헤스터 쪽을 돌아보는 눈에는 불안한 표정이 고스란히 담겨 있었다.

"이러는 편이 차라리 낫지 않소, 헤스터? 우리가 숲에서 꿈꾸던 일보다는."

목사는 속삭였다.

"모르겠어요, 전 모르겠어요. 더 낫다고요? 그래요. 당신도 나도 펄도 함께 죽는 게 더 나을지도 모르겠군요."

헤스터는 떨리는 목소리로 대답했다.

"당신과 펄은 하느님의 명령대로 살아야 하오. 하느님은 자비로운 분이시오. 나는 얼마 살지 못할 사람이오. 그러니 죄를 고백하고 마땅히 받아야 할 치욕을 받을 수 있도록 해 주시오."

딤스데일 목사는 여전히 헤스터에게 몸을 의지하고 펄의 손목을 꽉 잡은 채 군중 쪽으로 돌아섰다. 군중들 사이에는 눈물겨운 동정심이 넘쳐흘렀다. 한낮을 조금 넘어선 태양은 우뚝 서 있는 목사의 모습을 더욱 돋보이게 했다.

"뉴잉글랜드 주민 여러분! 나를 사랑해 주셨던 여러분! 나를 성스러운 인간이라고 생각해 주셨던 여러분!"

절규에 가까운 쉰 목소리가 터져 나왔다.

"보십시오. 큰 죄인이 여기 서 있습니다. 나는 이제야 겨우 이 자리에 섰습니다. 이미 7년 전에 이 여인과 함께 섰어야 할 자리에 말입니다. 이 여인은 지금 굳센 팔로 내가 쓰러지지 않도록 부축해 주고 있습니다. 헤스터가 달고 있는 주홍 글씨를 보십시오. 여러분은 누구나 다 이것을 보고 몸을 떨었습니다. 이 여인이 어디엘 가든지 이 글씨는 공포와 기분 나쁜 빛을 던져 주었습니다. 그러나 여러분은 또 한 사람의 죄악에는 몸을 떨지 않았습니다."

그는 부축했던 손을 힘겹게 뿌리치더니 있는 힘을 다하여 한 발 앞으로 나섰다.

"낙인은 그 사나이에게도 찍혀 있었습니다. 하느님께선 그걸 보셨습니다. 천사들은 쉴 새 없이 손가락질을 했습니다. 악마는 불타는 손가락으로 만지며 끊임없이 괴롭혔습니다. 그러나 그는 교묘하게도 사람들 눈을 속이고 죄 많은 속세에서 자기만이 순결하다는 듯이, 천국에 있는 동료를 만나지 못하여 외롭다는 듯이 여러분 사이를 걸어다녔습니다. 이제 죽음을 앞두고 그 남자는 여러분 앞에 섰습니다. 다시 한 번 헤스터의 주홍 글씨를 봐 주십시오. 이 무서운 주홍 글씨는 그 남자 가슴에 찍혀 있는 표식에 비하면 한낱 그림자에 불과합니다. 이곳에 죄인을 향한 하느님의 심판을 의심하는 분이 계십니까? 보십시오. 그 심판의 무서운 증거를 보십시오."

목사는 발작하듯 성직자의 가슴에 늘어뜨려진 밴드를 잡아뜯었다. 마침내 상처투성이의 표식은 나타나고야 말았다. 순간 공포에 질린 군중의 눈길이 집중되었다.

"아아!"

목사는 고통스런 위기를 넘기고 마침내 승리를 거둔 사람처럼 서 있었다. 그러나 그것도 잠시뿐, 목사는 곧 쓰러지고 말았다.

헤스터가 얼른 그를 안아 일으켜 제 가슴에다 머리를 기대 놓았다.

"헤스터……."

옆에 있던 로저 칠링워스 노인은 같은 말을 몇 번이나 되풀이했다.

"나한테서 도망쳤구나. 기어이 도망쳤구나."

"하느님이 당신을 용서하시기 바라오. 당신두 큰 죄를 지은 셈이니까."

"딤스데일……."

노인을 바라보던 목사의 가물거리는 시선이 모녀 쪽으로 옮겨 갔다.

"사랑스런 나의 펄……."

그는 힘겹게 입을 열었다. 영혼이 깊은 잠으로 빠져 들어갈 때처럼 목사의 얼굴에는 부드럽고 평화스러운 미소가 감돌았다.

"착하지, 펄. 이제 나한테 입맞춰 주겠니? 숲에서는 싫다고 했지? 이젠 해 주겠니?"

펄은 목사의 입술에 입을 맞추었다. 눈앞의 비극이 무얼 의미하는지 알기라도 하듯, 펄의 볼을 타고 눈물이 흘러내렸다.

"잘 있어요, 헤스터."

목사는 말했다.

"딤스데일, 이제 다시는 못 만나는 거예요? 함께 영생을 누릴 수는 없는 건가요?"

헤스터는 자신의 얼굴을 목사의 얼굴 가까이에 갖다 대며 계속해서 속삭였다.

"우린 그동안 고통과 슬픔으로 죄값을 다 치렀어요. 그런데 왜 당신은 저 세상만을 보고 있나요? 당신의 맑은 눈에 도대체 무엇이 보이기에……."

"헤스터, 사실 나는 두렵소. 두렵고 또 두렵소, 헤스터. 우리가 하느님을 잊어버린 그때부터 이미 저 세상에서 다시 만날 희망도 사라졌기 때문이오. 인간의 모든 것을 알고 계시는 하느님은 자비로운 마음도 함께 지니고 계시다오. 그분은 내가 고뇌에 허덕일 때 그 자비심을 보여 주셨소. 내 가슴에 타 들어가는 듯한 고문의 상처를 주신 것도, 여기 있는 노인을 시켜 그 상처를 언제나 빨갛게 타오르게 하신 것도, 나를 이곳에 오게 하시어 많은 사람들 앞에서 죽게 하신 것도 그러하오. 이 고통들 중에서 어느 하나라도 부족했다면 나는 영원히 갈 길을 잃고 헤맸을 것이오. 하느님의 이름을 찬미할지어다. 하느님의 뜻이 이루어질지어다. 잘 있어요, 헤스터."

최후의 말이 그의 마지막 숨결을 타고 흘러나왔다.

조용하던 군중은 그제야 두려움과 놀라움이 담긴 나지막한 소리로 웅성거렸다.

그리고 남겨진 이야기

며칠 뒤, 처벌대에서 일어났던 일에 관해 여러 가지 이야기가 나돌았다. 군중들은 목사 가슴에 헤스터가 달고 있던 것과 똑같은 주홍 글씨가 새겨져 있었다고 말했다. 헤스터 프린이 처음 치욕의 표시를 달던 그날부터 딤스데일 목사도 자기 몸에 심한 고문의 고통을 주어 왔다고 단언하는 이도 있었다. 아니 목사의 낙인은 로저 틸링워스 노인의 마술과 약물의 힘으로 인해 나타난 것이라고 주장하는 이도 있었다.

목사의 감수성을 잘 알고 있던 사람들은 양심의 가책이라는 이빨이 마음을 뚫고 밖으로 나왔으며, 하느님의 심판이 주홍 글씨의 모양을 빌려 내려진 것이라 수군거렸다.

그런데 그날 처음부터 끝까지 딤스데일 목사로부터 눈을 뗀 일이 없다는 사람들의 얘기는 참으로 기묘했다. 목사의 가슴에는 갓난아기의 가슴처럼 아무 표식도 없었다는 것이었다. 목사는 임종을 하면서 헤스터 프린의 주홍 글씨가 자신과 어떤 관계가 있다고 인정하지도, 암시하지도 않았다는 것이다.

다만 위대한 목사가 가난한 여인의 팔에 안겨 숨을 거둠으로써, 아무리 훌륭한 사람이라도 그 여인처럼 보잘것없는 존재에 불과하다는 것을 세상 사람들에게 알리고자 했다는 것이다.

인간의 영적인 행복을 위해 평생을 바친 목사는 자신의 죽음을 하나의 우화로 만들었다. 하느님의 무한한 순결성에 비하면 인간은 모두 똑같은 죄인이라는 교훈을 사람들 가슴에 새기고자 했다는 것이다.

사람이 제아무리 높은 경지에 다다랐다 하더라도 그것은 하느님의 자비를 조금 더 아는 정도에 불과하다는 사실, 사람이 땅 위에서 가치가 있다고 믿는 것들이 실은 헛된 그림자에 지나지 않는다는 진리, 그런 것들을 가르쳐 주고자 했다는 말들도 떠돌았다.

"진실하라, 진실하라, 진실하라. 비록 가장 나쁜 죄가 아닐지라도 가장 나쁜 죄를 생각나게 하는 것은 숨기지 말고 세상에 보여라."

딤스데일 목사는 그런 교훈을 남기고 갔다.

목사가 죽은 뒤 로저 틸링워스 노인은 마치 뿌리를 뽑힌 잡초처럼 허무하게 말라 버렸다. 복수할 대상이 사라지자 모든 힘이 한꺼번에 빠져 버렸던 것이다.

사랑과 증오는 본질적으로는 같은 것이다. 사랑이 천국의 빛 속에 나타나는 데 반해 증오는 침침한 어둠 속에 나타날 뿐이다.

이 사건이 있고 일 년이 못 되어 로저 틸링워스 노인은 죽었다. 유언장에는 영국과 미국에 있는 막대한 재산을 펄에게 물려준다고 씌어 있었다.

노인이 죽은 지 얼마 안 되어 헤스터와 펄도 모습을 감춰 버렸다. 그 뒤 여러 해 동안 두 사람의 소식은 전해지지 않았고, 어느덧 주홍 글씨의 사연은 옛 이야기가 되어 버렸다.

어느 날 오후, 헤스터 프린의 오두막 근처에서 놀던 아이들은 회색 옷을 걸친 늘씬한 여인이 다가오는 것을 보았다. 여인은 몇 년 동안 한 번도 문이 열린 적이 없는 오두막 안으로 들어갔다. 이렇게 헤스터 프린은 옛 집으로 돌아왔고 오랫동안 저버렸던 치욕의 표시를 다시 몸에 달았다. 그러나 펄의 모습은 어디에도 보이지 않았다.

헤스터 프린은 가끔 펄에게서
편지를 받았다. 펄은 타국에서 가
정을 꾸리고 장식품이며 기념품
같은 갖가지 물건들을 어머니에
게 보내 왔다. 그러나 헤스터는
쓸 생각을 하지 않았다.

언젠가 한 번은 상상력을 한껏
발휘하여 아기 옷에 화려하고 아
름다운 수를 놓기도 하였다.

이곳에는 그녀의 죄와 슬픔과
진실한 삶이 깃들어 있었다. 그렇
기 때문에 그녀는 되돌아온 것이
며 누구의 권유를 받은 일도 없이
─그 무쇠처럼 차가운 시대의 관
리들도 그와 같은 일을 강요하지
는 못했을 것이다.─지금까지 우
리가 말해 온 이 암담한 이야기의
상징을 다시 가슴에 단 것이다.

그 후로 주홍 글씨는 한 번도 그

녀의 가슴에서 떠나지 않았다. 그것은 더 이상 모욕과 비난을 자아내는 낙인이 아니었다. 오히려 바라보는 이에게 위안을 주는, 두려움과 존경의 상징이 되었다.

사람들은 자주 헤스터를 찾아와 슬픈 일이나 난처한 일들을 의논했다. 특히 여자들은 헛된 사랑이나 버림받은 사랑, 또는 잘못된 사랑이나 죄스런 사랑으로 고통을 당할 때 오두막을 찾아왔다. 마음을 의지할 데가 없거나 외롭고 답답해서 견딜 수 없을 때도 찾아왔다. 그러고는 자기들이 불행해진 이유와 어떻게 하면 그것을 극복할 수 있는지를 물었다. 헤스터는 힘 닿는 데까지 그들을 위로해 주었다.

"언젠가는 하느님의 뜻대로 살 수 있는 시절이 올 거예요. 그러면 새로운 진리가 생겨날 거예요. 남자와 여자의 관계는 행복을 위한 확고한 터 위에 다시 세워질 거예요. 난 그렇게 믿어요."

헤스터 프린은 말을 맺으며 슬픔에 찬 눈으로 주홍 글씨를 내려다보았다.

그로부터 여러 해가 지난 뒤 새 무덤 하나가 오래된 무덤 옆에 생기게 되었다. 두 무덤 사이에는 하나의 비석만 세워져 있었다. 작고 소박한 비석이었다.

호기심이 많은 사람들은 지나가다 비석에 씌어 있는 글을 볼 것이다. 앞뒤 사정을 모르는 그들은 이 비문이 무슨 뜻인지 몰라 어리둥절해할 것이다.

무덤 주위에는 훌륭한 비문이 새겨진 화려하고 커다란 비석들이 많았다. 이 묘비는 그런 비석들의 그림자에 가려 잘 보이지 않았다. 그러나 비문이 적힌 부분은 덜 어두워 희미하게나마 글자가 보였다. 그것은 다음과 같았다.

여기 까맣게 쓴 글자 A, 그것은 주홍색.

 세계명작 시리즈와 함께 논리·논술 **Level Up!**

● **이해 능력 Level Up!**

1. 이 이야기의 배경은 언제, 어디인가요?

    1) 15세기, 영국   2) 16세기, 미국

    3) 17세기, 영국   4) 17세기, 미국

    5) 20세기, 미국

2. 다음은 헤스터가 모욕을 당하는 이유를 묻는 로저 틸링워스에게 마을 사람이 한 말입니다. 밑줄 친 말이 가리키는 것은 무엇인가요?

> "이 고장엔 처음 오시는 분이군요. 그렇지 않다면 헤스터 프린에 대한 소문을 모를 리가 없을 텐데요. 저 여자는 아주 추잡스러운 짓을 저질렀답니다."

    1) 다른 사람을 속여 돈을 번 것

    2) 거지처럼 돌아다니면서 구걸한 것

    3) 친구의 재산을 가로챈 것

    4) 남편이 있는 몸으로서 다른 남자의 아이를 낳은 것

5) 아이를 유괴한 것

3. 이 이야기의 등장인물이 아닌 사람은 누구인가요?

   1) 펄   2) 로저 틸링워스
   3) 딤스데일 목사   4) 헤스터 프린
   5) 플린트 선장

4. 『주홍 글씨』에 대한 설명으로 틀린 것은 무엇인가요?

   1) 17세기를 배경으로 쓰여졌다.
   2) 친구의 우정에 관한 이야기이다.
   3) 인간의 죄와 사랑을 다루었다.
   4) 미국의 엄격한 청교도 사회를 그렸다.
   5) 너대니얼 호손의 대표작이다.

5. 다음은 펄이 헤스터에게 한 말입니다. 딤스데일 목사가 밑줄 친
   것과 같은 행동을 한 까닭은 무엇인가요?

   펄은 명랑한 표정으로 바라보며 대답했다.
   "목사님이 가슴에 손을 얹고 다니는 거나 같
   은 이유지 뭐."
   "그 이유가 뭐지?"
   헤스터는 뚱딴지 같은 아이 말에 처음에는 웃
   었으나 다시 생각해 보고 얼굴빛이 달라졌다.

1) 심장병을 앓고 있었기 때문에
2) 목사로서 위엄 있어 보이기 위해
3) 죄책감 때문에
4) 교구민들에 대한 사랑을 표현하기 위해
5) 마음이 답답해서

6. 다음 중 이 이야기의 등장인물과 그에 대한 설명이 바르게 짝지어진 것을 고르세요.

1) 펄 – 로저 틸링워스의 딸
2) 로저 틸링워스 – 복수심에 사로잡힌 불쌍한 의사
3) 베링검 – 헤스터 프린의 유일한 친구
4) 딤스데일 – 대범한 성격을 가진 목사
5) 헤스터 프린 – 딤스데일 목사의 아내

7. 다음은 헤스터와 딤스데일 목사가 나눈 대화입니다. 밑줄 친 것이 가리키는 사람은 누구일까요?

헤스터는 용기를 내어 말을 이었다.
"당신이 말하는 지독한 원수도 당신 곁에 있습니다.
이미 오래전부터 당신과 한 지붕 아래서 살고 있지요."
"아니 그게 무슨 소리요? 원수라니? 더구나 한 지붕이라니?"

1) 헤스터 프린   2) 펄
3) 로저 틸링워스   4) 베링검   5) 월슨

8. 로저 틸링워스는 헤스터에게 다음과 같이 이야기했습니다. 이렇게 말한 이유는 무엇인가요?

> "한때 아내였던 당신에게 한 가지만 부탁하겠소. 당신이 사랑하는 남자의 비밀을 지키고 있듯이 내 비밀도 지켜 주시오. 나를 알고 있는 사람은 이 고장에 아무도 없소. 그러니 과거에 당신의 남편이었다는 말은 절대로 입밖에 내지 말아 달란 말이오."

1) 사람들의 관심을 받는 게 싫어서
2) 아무도 모르게 좋은 일을 하고 싶어서
3) 모든 것을 잊고 새롭게 출발하고 싶었기 때문에
4) 아내에게 배신당한 남편이 받아야 할 수치와 모욕이 싫어서
5) 큰 죄를 지었기 때문에

9. 주홍 글씨를 가슴에 단 헤스터 프린이 사람들의 비난을 받으면서도 마을을 떠나지 못한 이유는 무엇인가요?

1) 갈 곳이 없어서
2) 배편을 구하지 못해서
3) 일거리가 있었기 때문에
4) 죗값을 치러야 한다는 생각 때문에
5) 오기가 생겨서

10. 로저 틸링워스는 딤스데일 목사의 절친한 친구가 되기로 결심합니다. 이유는 무엇인가요?

1) 딤스데일 목사가 너무 외로워 보였기 때문에

2) 딤스데일 목사가 자신의 죄를 직접 털어놓게 만들려고

3) 헤스터 프린이 부탁했으므로

4) 몸이 약한 딤스데일 목사의 일을 도울 사람이 필요했으므로

5) 마음의 병을 치료하기 위해

11. 사람들로부터 존경과 칭송을 받을 때마다 딤스데일 목사는 무척 괴로웠습니다. 그 이유는 무엇인가요?

1) 지나치게 겸손한 사람이었기 때문에

2) 존경을 받기에는 아직 젊은 나이였기 때문에

3) 훌륭한 목사가 될 자격이 없다고 생각했기 때문에

4) 사랑하는 여인이 있었기 때문에

5) 도덕적으로 잘못을 저질렀다는 죄의식 때문에

12. 다음 문장을 읽고 괄호 안에 들어갈 말을 순서대로 고르세요.

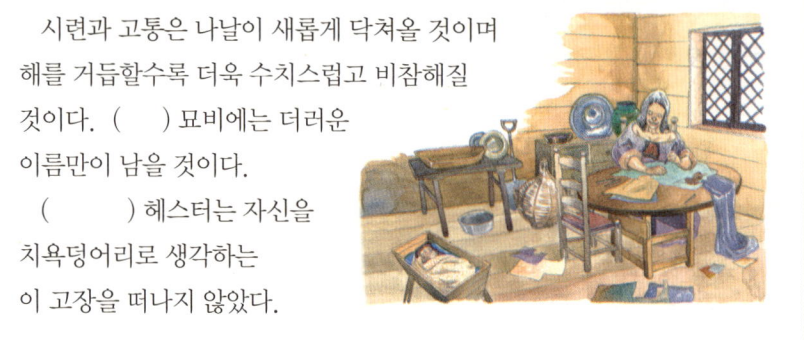

시련과 고통은 나날이 새롭게 닥쳐올 것이며 해를 거듭할수록 더욱 수치스럽고 비참해질 것이다. (　　) 묘비에는 더러운 이름만이 남을 것이다.

(　　) 헤스터는 자신을 치욕덩어리로 생각하는 이 고장을 떠나지 않았다.

1) 그뿐 아니라, 마침내　　　　　2) 그런데, 그리고

3) 그러므로, 따라서   4) 왜냐하면, 그래서

5) 마침내, 그럼에도 불구하고

13. 헤스터 프린이 목사에게 틸링워스의 정체를 말해 주기로 결심한
    까닭은 무엇인가요?

   1) 딤스데일 목사의 고통을 차마 볼 수가 없어서
   2) 진실을 알고도 참는 건 도리가 아니라고 생각했기 때문에
   3) 틸링워스가 괘씸해서
   4) 펄과 자신의 행복한 미래를 위해
   5) 신앙인으로서 양심을 지키기 위해

14. 헤스터 프린이 주홍 글씨를 떼어 버린 뒤에 펄은 다음과 같이 행
    동했습니다. 그 이유는 무엇이었나요?

> 아무리 달래고 위협해도 막무가내이던 펄이 갑자
> 기 울화통이 터진 듯 손발을 마구 휘저으며 몸부림
> 쳤다. 찢어지는 듯한 비명 소리가 숲을 울렸다. 작은
> 손가락은 여전히 엄마 가슴을 가리키고 있었다.

   1) 자기가 직접 만들어 엄마 가슴에 달아 준 것이기 때문에
   2) 늘 보던 것이 보이지 않아 불안해서
   3) 목사님에게 엄마를 빼앗길까 봐 두려워서
   4) 주홍 글씨를 못 보게 되어 서운해서
   5) 자기가 소중히 여겼던 것이므로

● 논리 능력 Level Up!

1. 다음은 본문 중에서 이 작품이 쓰여진 때의 사회 분위기를 나타낸
   글입니다. 이 글을 읽고 그 당시 미국 사회가 어떤 분위기였는지
   써 보세요.

> • 감옥에서는 게으름뱅이 하인들이나 불효를 저지른 자식들이 곤장을
>   맞기도 하고, 마귀라고 지목된 여자들이 교수대의 이슬로 사라지기도
>   했다.
> • 그 당시에는 종교와 법률을 같은 것으로 여겨 합법적인 처벌을 신성하
>   게 여겼다.

2. 헤스터 프린은 딸에게 '진주'라는 뜻의 '펄'이란 이름을 지어 주었
   습니다. 그 이유는 무엇이었나요?

3. 다음은 펄에 대한 설명입니다. 펄이 이 설명처럼 행동할 수밖에 없었던 이유는 무엇인가요?

> 한 가지 색다른 점은 이 아이가 자기 마음이나 머릿속에 그려 낸 것들을 모두 적으로 생각했다는 사실이다. 펄은 누구와도 결코 좋은 관계를 맺으려 하지 않았다.

4. 『주홍 글씨』는 '죄'와 '비밀', '복수'의 이야기가 얽혀 있습니다. 이들 세 낱말을 넣어 짧은 글짓기를 해 보세요.

5. 아래는 본문에 나오는 칠링워스의 말입니다. 이 말이 뜻하는 바는 무엇일까요?

> 내 마음은, 손님을 초대할 방은 많지만 난로 하나 없는 쓸쓸하고 냉랭한 커다란 집이나 다름없었소.

_____

_____

6. 펄은 변화무쌍한 성격의 아이로 자라났습니다. 헤스터는 펄을 가졌을 때 자기가 겪은 심리적 갈등이 원인일 거라고 생각했습니다. 펄의 성격이 어땠는지 본문 중에서 찾아 적어 보세요.

_____

_____

7. 펄을 누가 만들었는지 묻는 윌슨 목사의 말에 펄은 엉뚱하게도 엄마가 감옥 옆에 핀 찔레꽃 덤불에서 주워 왔다고 대답합니다. 그 말을 들은 이들이 각각 어떤 생각을 했을지 상상하여 적어 보세요. 또 여러분은 어떤 생각이 들었는지도 적어 보세요.

• 베링검 총독-

• 윌슨 목사-

• 헤스터 프린-

• 나-

● **논술 능력 Level Up!**

1. 다음은 헤스터 프린이 처벌받는 날, 광장에 모인 사람들 사이에 오간 대화입니다. 여러분이 그 자리에 있었다면 어떤 말을 했을 까 생각해 보고, 그 이유도 함께 적어 보세요.

> "행실이 나쁜 여자는 벌겋게 달군 쇠로 이마 에다 낙인을 찍어 줘야 해요. 그런데 고작 앞 가슴에 뭘 붙여 주는 벌을 내렸다면서요?"
>
> "그렇지만 아무리 가슴의 표식을 가린들 그 속의 고통이야 어딜 가겠어요?"
>
> "가슴팍이건 이마건, 표식이나 낙인 따위가 무슨 소용이야? 여자들한테 창피를 준 그런 건 죽어 마땅해."
>
> "좀 조용히들 하세요, 저 여자가 듣겠어요. 저걸 한 땀 한 땀 수놓는 동 안 그 가슴이 오죽했겠어요?"

2. 헤스터 프린과 딤스데일 목사는 금지된 사랑을 했습니다. 변호사
   와 검사의 입장이 되어 두 사람의 행동에 대해 평가해 보세요.

   • 변호사—두 사람을 변호합니다. 그 이유는:

   _____

   _____

   • 검사—절대로 용서해서는 안 됩니다. 그 이유는:

   _____

   _____

3. 다음은 딤스데일 목사가 세상을 떠난 뒤 헤스터 프린에게 일어난
   변화에 대해 설명한 글입니다. 다음과 같은 변화가 일어난 이유는
   무엇이며, 이것을 통해 느낄 수 있는 점은 무엇인지 써 보세요.

   > 그 후로 주홍 글씨는 한 번도 그녀의 가슴에서 떠나지 않았다.
   > 그것은 더 이상 모욕과 비난을 자아내는 낙인이 아니었다.
   > 오히려 바라보는 이에게 위안을 주는, 두려움과 존경의 상징이 되었다.

   _____

   _____

   _____

4. 딤스데일 목사는 헤스터 프린과 먼 곳으로 가서 새로운 삶을 시작할 수도 있었지만 그렇게 하지 않았습니다. 그의 선택에 대해 여러분은 어떻게 생각하는지, 또 그렇게 생각하는 이유는 무엇인지 써 보세요.

---

5. 다음은 헤스터 프린의 상상을 나타낸 글입니다. 이런 상상을 한 헤스터에게 여러분은 어떤 말을 해 주고 싶은가요?

> 헤스터의 상상력은 이상한 데가 있어서 가끔 사람들 마음속에 숨어 있는 죄를 헤아려 냈다. 그것은 헤스터를 공포로 몰아넣는 일이었다. 겉으로 순결한 체하는 수많은 사람들 가슴에도 주홍 글씨가 빨갛게 타오르고 있노라고 악마가 부추기는 것 같았기 때문이다.

 풀이

이해 능력 Level Up!

1. 4)	2. 4)	3. 5)	4. 2)	5. 3)
6. 2)	7. 3)	8. 4)	9. 4)	10. 2)
11. 5)	12. 5)	13. 1)	14. 2)	

논리 능력 Level Up!

1. 무척 엄격한 청교도적인 분위기여서 작은 잘못을 저질러도 큰 벌을 받고 손가락질당했다.

2. 헤스터는 '고귀한 것, 엄마의 모든 것을 바쳐 얻은 보물'이란 뜻에서 아이의 이름을 펄이라 지었다.

3. 펄은 엄마인 헤스터가 죄의 결과로 낳은 아이라는 꼬리표 때문에 세례를 받은 아이들과 친구가 될 수 없었고, 펄은 이를 본능적으로 알고 있었기 때문이다.

4. 예시 : 좋지 않은 것에 대한 비밀은 죄를 만들고, 또 다른 곳에서 복수라는 모양으로 나타난다. 이 말들은 우리가 인생을 살면서 피해야 할 말들이다.

5. 빈 방은 많으나 불을 때지 않아 춥고 쓸쓸한 집에는 아무도 가고 싶지

않을 것이다. 많은 책을 읽고 많은 공부를 했지만 진정한 사랑과 행복이 무엇인지 모르는 틸링워스 노인의 마음이 잘 표현된 말이다.

6. 펄은 반항적이고도 격렬한 기질을 보였으며, 어린아이답지 않은 우울한 표정을 짓기도 했습니다. 또 누구와도 좋은 관계를 맺으려 하지 않았습니다.

7. 베링검 총독-큰일이군. 아이가 저런 생각을 갖게 된 건 죄 많은 엄마 때문이야.

   윌슨 목사-어서 제대로 된 청교도 교육을 받도록 해야겠군.

   헤스터 프린-펄은 그저 조금 전 보았던 장면을 떠올려 이야기했을 뿐이야.

   나-순간적으로 상황을 대처하는 능력이 뛰어나다.

논술 능력 Level Up!

1. 예시 1 : 난 아직 어리기 때문에 그 일에 대해 좋다고도, 나쁘다고도 할 수 없다고 말하고 싶다. 잘 알지도 못하는 일에 끼어들어 복잡하게 얽히고 싶지 않기 때문이다. 남의 일에는 별로 상관하고 싶지 않다.

   예시 2 : 저 여인이 잘못을 저지른 것은 틀림없는 사실이지만, 우리가 처벌해야 할 대상은 헤스터 프린이 아니라 그녀가 지은 죄라고 말할 것이다. 죄는 미워하되 사람은 미워하지 말라는 말을 믿기 때문이다.

2. 예시 : •변호사—두 사람을 변호합니다. 사랑하지 않는 사람과 억지로 사는 것보다 사랑하는 사람과 행복하게 사는 게 옳은 것이라고 생각합니다. 두 사람은 진실한 사랑을 했기 때문에 용서해야 합니다.

•검사—절대 용서해선 안 됩니다. 법이 허락하는 범위를 벗어난 사랑은 어떤 이유로든 용서받을 수 없습니다. 저마다 그런 식으로 자신의 행동이 정당하다고 생각하며 살아간다면 법 질서가 무너지고 사회가 혼란스러워질 것입니다.

3. 예시 : 헤스터 프린의 가슴에 새긴 A(에이) 자는 원래는 간통을 뜻하는 단어였으나, 차차 천사 또는 유능함을 뜻하는 A(에이) 자로 바뀌어 갔다. 헤스터가 어려움에 처한 마을 사람들을 헌신적으로 도왔으며, 병든 자에게는 힘을, 괴로운 사람에게는 위로를 주었기 때문이다. 이 사실을 통해 사람은 한 번 실수를 해서 죄를 지었다고 해도 진심으로 뉘우치고 자신의 잘못을 용서받기 위해 노력한다면, 그 죄를 씻을 수 있다는 것을 느꼈다. 또 죄를 지은 사람을 볼 때 선입견을 가질 것이 아니라 죄를 뉘우칠 수 있는 기회를 주어야 한다는 생각이 들었다. 그래야만 그 사람이 진정 새로운 사람으로 거듭날 수 있을 것이다.

4. 예시 : 딤스데일 목사는 지식과 신앙과 인품이 뛰어났다. 그렇지만 끊임없이 도망치고 싶은 생각이 들었을 것이다. 헤스터를 사랑하고 있었고 괴로움에서 벗어나고 싶었을 것이 분명하기 때문이다. 그런데도 도망치지 않고 조금이라도 죄를 씻어 내기 위해 노력한 딤스데일 목사의 양심적인 행동은 우리가 본받아야 할 태도라고 생각한다.

5. 예시 1 : 헤스터, 당신의 생각대로 이 세상에 죄 없는 사람은 없어요. 크든 작든 누구나 죄를 짓고 살아갑니다. 다만 주홍 글씨를 가슴에 달

지 않았을 뿐이지요. 당신에게 돌을 던질 수 있는 사람이 세상에 과연 몇이나 될까요? 아마 한 명도 없을 거예요. 우리도 모두 당신과 다를 바가 없어요.

예시 2 : 헤스터, 당신이 너무나 큰 죄인이기 때문에 마음속으로나마 다른 사람들도 죄를 지었으면 하고 바라는 것 아닌가요? 그러면 당신의 죄가 좀 가볍게 느껴질 수도 있으니까요. 그러나 순결하고 정직하게 살아가는 사람들도 많은데 그런 생각을 한다는 건 잘못인 것 같습니다. 이 세상엔 착한 사람이 더 많아요. 나쁜 면만 보려 하지 말고 긍정적인 면을 보면서 살아가도록 하세요.

초등학생이 꼭 읽어야 할 세계 명작 시리즈